명함

어느
모든
마음

추선희수필집

명함 어느 모든 마음

지은이 | 추선희
펴낸이 | 신중현

초판 1쇄 인쇄 | 2012년 3월 10일
초판 1쇄 발행 | 2012년 3월 15일

펴낸곳 | 도서출판 학이사
대구광역시 중구 국채보상로 101길 15(동산동)
053-554-3431~2
http://www.학이사.kr

ⓒ 추선희,2012
ISBN 978-89-93280-33-3 03810

평화의 샘인 길화와 연수에게

명
함

어느
모든
마음

머리말

명함 하나 만들었습니다.
그 안에 저의 어느, 모든, 마음이 들어있습니다.
조금 겁이 납니다.
삼라만상에 변하지 않는 것은 하나도 없다는
서늘하고도 아름다운 진리에 대하여 들어보았기 때문입니다.
그래서 이 명함의 유효기간은 찰나입니다.
저의 어느 시간이었기에
누군가의 시간과 조금 닮은 ㅈ도 모른다고 여기기에
용기를 일으켜보았을 뿐입니다.

수필과 심리학이 씨앗이었습니다.
심어주고 물 준 분들 모두 고맙습니다.

차례

어느

수필을 만났습니다.
살 냄새 나는 이 장르를 저는 우러러봅니다. 삶을 드러내는 방식이 저와 잘 맞습니다.
이곳에서 제가 추구하는 것은 오직 한 가지, 단순한 아름다움입니다.
갈 길이 멉니다.

사진_ 이길화

숙이는 일

    일주일 중 내가 몸을 가장 깊게 숙이는 시간은 대개, 일요일 오전이다.

    휴일 아침목욕을 마친 나는 거실 유리창 바로 앞에 토요일자 신문 한 장을 펼쳐 놓는다. 빛이 풍성한 곳에 자리 잡고 앉아 신문지 위로 아직 물기가 스며있는 발을 올려놓는다. 그런 다음 동그마니 몸을 숙인다. 최대한 숙여 얼굴을 발 가까이 갖다 댄다.

한겨울에도 나는 집에서 좀체 양말을 신지 않는다. 나의 발뒤꿈치에는 내가 얼마나 맨발을 좋아하는지 나타나 있다. 까칠까칠해도 무엇을 바르지 않는다. 무엇에 무엇을 덧대고 치장하고 감추는 것은 몸이건 마음이건 싫어하는 성질머리가 있다. 불쑥 튀어나오곤 하는 까칠한 성격도 발뒤꿈치와 닮은 듯하다.

이 까칠한 발뒤꿈치에 딸은 자신의 보드라운 발을 대고 문지르는 걸 좋아한다. 제 발을 이불 속으로 들이밀어 내 발뒤꿈치를 찾아 슬슬 문지른다. 늙은 등에 아기손바닥이 닿는 느낌과 비슷할까. 나도 싫지 않다. 하지만 이제 그러한 풍경을 잃었다. 딸이 각질 제거기 광고를 보더니 제 엄마 생각이 났는지 엄마 발뒤꿈치 생각이 났는지 하나 사주었다. 그 후 나의 발뒤꿈치는 나답지 않게 매끈해지고 말았다.

발뒤꿈치에는 죽은 피부가 일주일 사이 켜켜로 쌓여있다. 그것은 새 살에 의해 내부에서 밀려나 제거되기를 기다리고 있다. 잠시 내 살이었던 희고 보드레한 것들이 타조알 모양 기계에 의해 벗겨져 먼지처럼 쌓인다. 나는 고개를 한껏 숙여 이리저리 방향을 바꾸어가며 정돈한다. 기계의 미세한 동력 소리와 폴폴 날리는 각질의 모습이 나란하다. 행여 부드러운 살갗에 닿을까 조심조심 집중한다. 세상 잡사는 나와 발뒤꿈치 사이에 낄 틈이 없다. 서로 열렬히 대면한다. 발뒤꿈치는 전경이 되고 다른 모든 것들은 배경으로 물러나 앉는다. 담담하게 온몸의 무게를 받아 험해졌던 그곳이 점점 원래의 모습을 찾아간다.

또한 발톱은 말없이 자라나 있다. 원래 크고 두꺼운 것은 말수가 적은지 모른다. 손톱은 조금만 길어도 불편하고 1mm만 찢어져도 거슬린다. 기타를 치는 나는 손톱에 민감하다. 현을 누르는 왼손 손톱은 치켜들어가 바짝 깎여져야 하고 현을 치거나 당기는 오른손 손톱은 적당한 길이로 길어 있어야 한다. 손톱이 얇은 나는 강화제를 바르기도 하고 무거운 것을 들 때 행여 부러질까 장갑을 끼기도 한다.

하지만 발톱은 이러한 관심을 받지 못한다. 까탈을 부린 적도 없고 좀 길어도 지내는 데 지장이 없다. 발톱 전용 깎기가 있지만 언제나 손톱깎이로, 언제나 손톱을 깎은 후에야 차례가 돌아온다. 이런 마당에 패티큐어의 호사는 언감생심이다.

그것은 딱딱하니 발에 힘을 주어 씩씩하게 걷도록 잘 버텨주었다. 한 직립인간의 몸이 기우뚱거리지 않도록 일주일 동안 수고하였다. 그런데도 말썽을 부린 적

없으니 앞으로도 그러하리라 제쳐두었다. 부모가 자신들의 마음을 잘 아는 맏이를 그냥 믿고 그래서 살갑게 대하지 않는 것과 비슷하리라.

엄지발톱부터 시작하여 막내 발톱까지 일주일 단에 처음으로 제대로 마주한다. 손톱깎이를 쥔 손에 조금 더 힘을 주고 살점에 묻히지 않게 직선으로 정돈하는 것이 관심의 전부이다. 그래서 발톱에게 마음 빚을 갚는 내 몸은 그것에게 절하는 자세를 취할 수밖에 없다. 그 사이의 무관심을 되새기며 손톱을 깎을 때보다 더 깊이 고개와 몸을 숙여 살핀다.

일주일 동안 위만 쳐다보고 타인의 얼굴만 보며 지냈었다. 이제야 눈에서 가장 멀리 떨어진 두 곳을 바라보고 제거하고 깎는다.

마음이 미치지 못했던 두 곳에 손이 미치고서야 비

로소 목욕을 끝낸 기분이 든다. 일주일이 흘렀다는 느
낌, 새로운 일주일을 시작한다는 기분이 스멀스멀 든다.
살아있어야 그러한 일을 일주일 마다 할 수 있다. 일요
일 아침마다 삶의 한 평화롭고도 경건한 의식을 치르듯
몸을 숙이고 마음을 숙인다.

자투리 꽃밭

마음에 억수장마가 오는 날이 있다.

내가 어떤 맥락 속에서 언급한 긍정과 부정이 맥락
은 간 곳 없이 여기저기 떠돌고 있음을 알아차렸을 때
그 어떤 우산도 소용이 없다. 한 사람에 대한 미움은 아
무 죄 없는 다른 사람들에 대한 신뢰조차 회의하게 한
다. 미움 받는 사람은 태연한데 내 발걸음만 미풍에도
위태롭다. 생존을 위한 몇 가지 일 말고는 아무 것도 하

고 싶지 않다. 요동치는 마음에는 음악조차 거추장스럽다. 평소 즐거이 듣던 곡도 소음으로 변한다. 피부에서부터 살점, 뼈, 내장, 호르몬까지 많은 이야기로 흔들리는데 바깥 소리가 귀에 들어올 리 없다.

무엇을 할 수 있나. 오직 바느질뿐이다.

새로운 바느질 작품을 궁리하거나 재단은 하지 못한다. 오직 홈질만 가능하다. 왼손으로 천을 붙잡고 오른손 엄지, 검지, 중지 세 손가락으로 실을 꿰찬 바늘을 쥔다. 쥐고서 아래로 찔렀다가 다시 위로 찌른다. 아래로, 위로, 아래로, 위로, 그 뿐이다. 하늘 한 번 찌르고 땅한 번 찔러본다. 그것은 바느질이 아니라 바늘질이라 부르는 게 더 어울린다. 삽질, 도끼질과 다를 바 없다. 근심을 잊으려 삽질을 하고 화를 식히려 도끼로 장작을 패듯 바늘질을 한다. 고개를 숙인 채로 어깨와 팔꿈치, 손목과 손가락 관절을 까딱거리며 홈질을 한다. 그 단순한 규칙성에 이내 빠져든다.

큰 작품이나 여러 색깔 천이 필요한 용품을 만들고 나면 자투리가 많이 생긴다. 순면의 염색천이 고와 작은 조각도 버리지 않고 두었다 한가할 때 삼각형, 사각형 모양으로 오려놓는다. 생의 전장에서 필요한 무기 마련하듯 한지함에 비축해둔다. 그 세모와 네모를 마음 내키는 대로 골라 이리저리 맞붙인다. 유사한 색을 붙이기도 하고 어울릴 성 싶지 않은 것을 붙이기도 한다. 보라 옆에 갈색을, 연두 옆에 회색을 붙여본다. 그렇게 엉뚱한 색을 잇고 나면 속이 시원하다. 여남은 조각이 이어지면 조금 멀리 들고 쓰윽 본다. 그러고는 다시 어떻게 될지 모르는 길을 나선다. 무엇을 만들지 미리 생각지 않는다. 한 상실감에 무너지려 할 때, 한 미움에서 벗어나고 싶을 때, 한 열병이 생활을 침식하려 할 때, 그냥 바늘을 붙잡는다.

희한하다. 홈질과 자투리들이 나를 다독이기 시작한다.

'다독, 다독, 다독, 다도독…'

자투리가 모여 면적을 넓혀감에 따라 마음의 면적도 넓어진다. 나는 안정이 되고 그 덤으로 자투리 꽃밭이 눈앞에 일구어진다. 곱다. 고운 게 보이기 시작한다. 큰 천의 색이 아무리 곱고 다채로워도 수십, 수백 자투리로 된 조각보만 못함을 눈으로 확인한다. 낱낱이 있을 때는 평범한 조각이었을 뿐인데 함께 모이니 그리 아름다울 수 없다.

어울릴 것 같지 않은 초록과 분홍이, 흰색과 갈색이, 서로 허리를 맞잡고 서서 나를 바라보고 있다. 별개의 색이 맞붙어 뜬금없이 보일 줄 알았는데 멀리서 보니 서로를 돋보이게 해주며 함께 빛이 난다. 도리어 비슷한 색끼리 모여 있는 부분이 심심하다. 보색이나 대비색이 드문드문 박힌 조각보가 꿈틀거리고 출렁거린다.

그제야 나는 조각보를 책상 위에 펼쳐놓고 무엇을 만들까 궁리하기 시작한다. 반으로 접어 지퍼와 끈을 달아 가방을 만들어 서재 문고리에 걸어놓고 오며가며 쓰다듬어 본다. 좀 더 큰 것은 마무리도 하지 않은 채 식탁 유리 밑에 깔아놓고 밥 먹을 때마다 물끄러미 본다. 컵 받침으로 만들어 친구들에게 불쑥 내밀 때도 있다. 수북하던 자투리들이 서로 연을 맺어 다른 모습으로 한지함을 떠난다.

나 역시 세상 한 귀퉁이를 차지하고 있는 뾰족뾰족

한 자투리일지 모르겠다. 간혹 지나치게 뜨거워지거나 차가워져 어쩔 줄 몰라 하는 하나의 자투리인지 모르겠다.

　　나는 파란 세모 자투리, 그는 노란 세모 자투리, 그녀는 분홍 네모 자투리.

　　서로 비슷하거나 다르거나 함께 있으면 쓸모가 많아지는 자투리.

　　더 많이 모여 있을수록 더 아름다운 자투리.

　　자투리들이 떠나고 나는 다시 음악을 듣는다. 언제나처럼 글렌 굴드가 연주하는 바흐의 곡부터 듣는다. 내가 세상과 다시 친해지듯 음악과 바느질도 이제 서로 다투지 않는다.

파란 그림

계절은 제 알아서 온다.

하지만 내가 부러 계절을 당기기도 한다. 언제나 그것은 제 계절 보다 반 발자국 정도 앞선다. 계획하지 않고 의도하지 않지만 겨울의 끝자락 쯤 봄의 입김이 앞산 너머에서 간간히 훅, 하고 밀려들 때, 누군가의 전화로 마음이 달큰해질 때, 나는 파란 그림 한 점을 꺼낸다. 거실의 중심에서 따스한 빛을 발하던 노란 산수화를 내리고 겨우내 옷장과 벽 틈에서 쉬고 있던 그것을 내건다.

　그것의 제목이 파란 그림은 아니다. 하지만 나는 파란 그림이라 생각하고 파란 그림이라 부른다. 색은 나의 시선을 잡는 첫 신호이다. 누군가를 바라볼 때도 가장 먼저 색이 눈에 들어온다. 그림에서도 대개 그러하며 소재와 선은 그 다음 차례로 느릿느릿 오곤 한다.

　몇 년 전 파란 그림이 우리 집으로 왔다. 그것을 차 뒷자리에 비스듬히 세워두고 밤을 달려 집으로 오던 날 참으로 즐거웠다. 그 몇 해 전 친구의 부탁으로 일면식도 없는 한 작가의 작품평을 영역해주었다. 그 인연으로 작업실 구경을 갔는데 그곳의 그림들이 나를 단박에 사로잡았다. 그림을 보는 순간 눈은 빛났고 영혼은 배가 불러왔다. 집으로 돌아오면서 나는 난생 처음 그림을 사기 위해 적금을 들어야겠다고 마음먹었다. 돈을 모아서 그 작가의 그림을 한 점이라도 사고 싶었다. 그날 본 그림 중 하나라도 날마다 볼 수 있다면 얼마나 행복할까. 내 집에 들이고 싶다는 탐심이 일어났다.

아무 때나 들러 작품을 구경하라는 말에 용기를 내어 다시 작업실을 찾았다. 작품들을 한 번 더 보고 싶었기 때문이다. 그즈음 그는 작품에만 전념하기 위하여 몇 안 되던 수강생도 모두 내보내고 아침부터 자정까지 작업만 한다고 하였다. 전업작가의 치열함과 더불어 고단함이 설핏 보였다. 듣고 보니 캔버스나 물감 값도 엄청났다. 주제넘은 질문을 넙죽넙죽 잘하는 내가 이번에도 그랬다.

"후원모임 가진 작가들도 많던데 선생님도 그런 것 하나 만드는 게 어때요?"

대답이 없었다.

"제가 친구들이랑 한 번 만들어볼까요?"

"그래주면 고맙지요."

가벼운 마음으로 친구 두 명과 한동안 푼돈을 모아 보내드렸다. 작업실 월세에라도 조금 보탬이 되었으면 해서였다. 그러면 조금 더 마음 편하게 작품 활동을 할 수 있겠거니 내 마음대로 생각했다.

일 년 쯤 지났을까. 어느 날 작가에게서 전화가 왔다.

"이제 그만 도와주셔도 됩니다."

한 수집가의 눈에 띄어 대규모 전시가 잡혔다는 것이었다.

"언제 친구분들과 한 번 오십시요. 작품 한 점씩 드리겠습니다."

어느 저녁 들뜬 마음으로 작업실에 갔다. 그는 사십

호 쯤 되는 여러 작품들을 액자틀에 바꿔 끼워 보이면서 마음에 드는 것을 고르라고 했다. 우리 집 거실에 구엇이 어울릴지를 생각하니 선택하기가 쉽지 않았다. 이것도 마음에 들고 저것도 좋았다. 결국 거실에 어울릴 것인가, 무엇을 그린 것인가, 따위는 모두 잊기로 하였다. 그 밤 그 순간 내 마음 가는 대로 고르기로 했다.

　　이른 봄 밤이 깊어지고 있었다. 나는 근시이지만 좀체 안경을 쓰지 않는다. 안 보이는 게 나은 일이 점점 많아지니 그러하다. 보고 싶은 것은 결국 모두 가까이 오므로 더욱 그렇다. 어렴풋한 눈으로 몇 미터 뒤에서 그림을 고르던 내 눈이 한 순간 반짝였다. 파란 빛으로 꽉 찬 그림 한 점이 액자 속으로 밀려 들어왔다. 아, 시원하다. 저 안으로 들어가서 좀 쉬었으면. 무엇을 그린 건지 알 수 없었지만 이미 상관이 없어졌다. 그 파란 색에 강

렬하게 매료되었다. 밤의 가로수를 내려다보고 그린 것이라고 했다. 그렇지, 밤은 언제나 푸른 기를 머금고 있지. 인간들이 잠드는 밤 가로수는 제 빛을 버리고 푸른 빛에 잠기는지 모르지.

그렇게 파란 그림 한 점이 우리 집으로 왔다. 봄과 여름 내내 나는 파란 그림 앞을 왔다 갔다 한다. 거친 붓질로 파랗게 그려진 가로수의 굵은 둥치와 공작새 날개 같은 잎사귀들을 보고 있으면 밤, 가로수, 하늘, 별, 우주, 이러한 것들이 마음속으로 밀려든다. 어둠에 싸여 다만 직립으로 서 있는 파란 가로수의 심정이 된다. 고요해지거나 비워진다.

나는 비슷한 어둠에 싸여 그림을 바라본다.
파란 어둠 한 조각이 건너와 나를 물들인다.

의도 없이 우연히 다가온 것에는 그림이건 사람이
건 더한 기쁨이 있다.

죽도록 사랑하다가 죽지는 않은

약속 시간까지 시간이 어중간하니 남아 서점에 들 렀다.

피천득의 수필집《인연》이 언제나 그렇듯 눈에 잘 띄는 곳에 있었다. 아무 페이지나 마구 펼쳐 읽어나갔 다. 그러다가 어느 한 구절에서 멈칫했다. 한 남자를 사 랑했지만 결국 헤어지고 지금은 잘 살고 있는 친구를 추 억하는 부분이었다.

'…죽도록 사랑하다가 죽지는 않은 일이 있다.'

깊고 담담한 유머가 내게로 왔다.

'죽도록 사랑한다.'라는 표현은 참으로 흔한 것이다. 여러 글에서 읽었고 많은 이들이 말하는 것을 들었다. 그런데 그 진부한 말이 '죽지는 않은 일이 있다.'라는 뒷말로 생기를 얻어 회생하였다. '죽도록 사랑하다가' 부분을 읽을 때 사랑의 깊이에 무거운 돌덩이 하나가 둔중하게 떨어지는 소리를 들었다. 마음 언저리가 어둑해지기 시작했다. 그래도 익히 듣던 말이라 심드렁했다. 하지만 '죽지는 않은'이라는 부분을 보자 그만 슬그머니 웃음이 나왔다. 지독하였던 사랑이 이내 평범해지고 말았지만 왠지 공감이 되었다.

사실, 대개의 사랑은 죽을 만큼 사랑하지만 죽지는 않는 사랑이다.

그렇기 때문에, 혹은 덕분에, 그 이후 오랫동안 지나간 사랑에 대해 되새김질한다. 정말 죽을 만큼 사랑했던 것이 맞을까. 살아가는 동안 드문드문 돌아본다. 정말 사랑했다면, 왜 이별이 왔을까. 진실로 사랑한 것은 그 사람이 아니라 자신이 아니었을까. 사랑이라는 감정 자체를 즐긴 게 아니었는지, 역경을 이겨내지 못한 사랑을 사랑이라 부를 수 있는지, 스스로에게 질문하는 시간이 온다. 그 되새김질 중에 미처 몰랐던 과거의 실수를 늦게나마 깨닫기도 한다. 그러다가 순한 마음으로 지금의 사랑을 바라보게 될지도 모른다. 죽도록 사랑했지만 죽지도 않은 사랑 이후에 만난 사랑이기에.

  이 한 문장에서 삶과 사랑에 대한 작가의 시선을 느낀다. 죽지 않았다고 친구를 탓하는 게 아니다. 슬며시 웃으면서 대개의 사랑이 그렇지 않느냐고, 나도 그렇고 글을 읽는 독자인 당신도 그렇지 않느냐고 말하는 듯하다. 죽지도 않은 사랑이 있었기에 우리가 이만큼이라도 여물어지지 않았느냐고 묻는다. 더 깊이 사랑했다면 맺어졌을 거라는 뜻이 조금은 들어 있을지 모른다. 그렇더라도 비난보다는 '허허, 사랑이란 다 그런 거지.' 와 같은 어둡지 않은 체념, 실수를 하는 인간에 대한 애정으로 읽힌다. 추억을 간직한 채 담담히 늙어가는 그 친구가 보이는 듯하다.

　　작가의 친구는 적어도 생의 한 순간만큼은 한 남자와의 사랑에 모든 것을 걸었음에 틀림없다. 자신의 사랑에 모든 걸 걸고 충실하였던 모습이 결국 한 문장으로 남았다. 옛 친구를 그런 구절로써 기억하는 작가와 친구가 부럽다. 나의 친구가 이십대의 나를 한 문장으로 표현한다면 어떠한 문장이 될까.

내내 죽지는 않은 사랑 생각을 하다 집으로 돌아와 서가에서 피천득의 1996년 판《인연》을 다시 뒤져 보았다. 그 구절이 쉽게 보이지 않았다. 밤늦도록 다시 차근차근 책장을 넘기다 〈서영이 대학에 가다.〉라는 수필 속에서 발견했다.

'춤 잘 추는 M은 춤뿐이 아니라 그의 아름다운 다리로 이름이 높았다. 모두들 그를 백만 불 다리라고 불렀었다. 두 다리가 백만 불이었는지 한 다리에 백만 불이었는지는 아직도 의문이다. 그는 지금 싱가포르에서 살고 있는데, 남편은 말레이시아에서 제일 큰 고무 플랜테이션의 소유자라고 한다. 그녀는 학생 때 어떤 가난한 화가를 죽도록 사랑하다가 죽지는 않은 일이 있다.'

그 수필의 마지막은 이러하였다.

'그들은 모두 젊기 이전이었고 놀기 잘하고 웃기를

좋아하였다. 이제 그들도 다들 늙었으리라. 새삼 무상을 말하여 무엇하리요. 늙는 것이 인생인 것을.'

어느 봄날 젊지도 늙지도 않은 내가 뜻 없이 들른 서점 한 모퉁이에 오래도록 서 있었다. 죽지는 않은 나를 남 보듯 살ᇁ보고 있었다.

걷는다

오늘도 걷습니다. 걷는다는 것을 알고 걷습니다.

　오래 전 큰 아이의 대수술을 앞두고 몇 가지 물건을
챙기러 한밤에 집에 들렀습니다. 현관에 들어섰습니다.
아이의 신발부터 눈에 들어오더군요. 벗어놓은 운동화
는 제 주인이 집안에 없는지도 모른 채 입을 벌리고 있
었습니다. 아이가 다시는 신발을 신을 수 없을지 모른다

는 슬픔과 두려움이 범벅이 되어 눈물로 줄줄 새어나왔습니다. 병원 이발사가 제 머리카락을 미는 중에 겁에 질려 엄마를 부르던 아이 앞에서도, 돌아서서 눈물을 훔치던 남편 앞에서도 흐르지 않았던 눈물이 그만 터졌습니다. 그 며칠 전 함께 올랐던 산길이, 자전거 페달을 밟던 아이의 튼튼한 두 다리가, 벌레와 새를 좋아하던 야생의 천진한 얼굴이 자꾸 떠올랐습니다. 저는 등이 꺼져 다시 어두워진 사각의 현관에 한동안 서 있었습니다. 어둠 속에서도 그리 선명한 신발을 차마 바로 보지 못한 채 말입니다. 다시 흙을 묻힐 수 있을까, 원초의 그 동작을 정말 못하게 되는 것일까, 오직 그 생각만 했습니다. 짐을 챙겨 나올 때 아이 신발을 현관 선반 위에 올려놓았습니다. 한 신성한 것에 대한 예의로써 그리 하였습니다.

어느 날 갑자기 제게 이석증이 왔습니다. 돌가루가 있어야 할 곳을 떠나 세반고리관으로 들어간 전과 후로 제 몸에 대한 통제력은 극과 극으로 갈라졌습니다. 어지러워 고개를 쳐들 수 없었습니다. 머리가 발보다 더 아래로 내려가면 어지럼증이 멈출 것만 같아 머리로 이불을 짓누르며 파묻었습니다. 모든 감각을 잃어버리고 싶다는 생각을 했습니다. 죽을 것 같다는 생각도 잠시 든 것 같습니다. 병원에 실려가 의사의 간단한 처치 후 간신히 고개를 쳐들 수 있을 때 저는 알았습니다. 선다는 것, 걷는다는 것은 예삿일이 아니란 것을요.

어느 여름 아이와 대학교 정문 앞에서 만나기로 했습니다. 물밀듯이 캠퍼스를 빠져나오는 푸른 청춘들 가운데, 제 아이가 약간 절룩이며, 우아하게 절룩이며, 저를 향해 오고 있었습니다. 흰 셔츠를 팔뚝까지 걷어 올린 아이가 초여름 햇살에 눈이 부신지 눈살을 찌푸리며 제게 다가오고 있었습니다.

저는 알았습니다. 걷는다는 것은 누군가에게 다가갈 수 있다는 것을, 달려가서 안아주고 안길 수 있다는 것을 의미한다는 것을 알았습니다.

공기의 저항을 이기며 사랑하는 이를 향해 마주가고 있는 걸음은 춤이지 않을까요. 제 새끼와 제 어기가 마주 걸어 만난다는 것, 잠시 잃어버린 그 동작을 다시 한다는 것이 가슴 뭉클하였습니다. 하늘 위에서 그 장면을 내려 보던 모든 신들도 분명 기쁨의 눈물 한 방울 흘렸을 겁니다.

오늘 저녁에도 저는 동네를 한 바퀴 걸을 것입니다.
마음의 산책은 시이고 육체의 산책은 걷기라지요.

마음과 육체가 하나이니 걷기는 시와 다름 아니겠네요. 눈이 푸지게도 많이 온 이 겨울에 걷는다는 것은 눈을 바라볼 뿐 아니라 밟는다는 것입니다. 입 벌리고 눈을 먹을 수도 있고 양손에 받아볼 수도 있지만 발바닥으로 눈을 만난다는 뜻입니다. 방금 내린 눈도 밟고 얼음처럼 딱딱해진 응달의 눈도 조심조심 밟고 햇살에 힘을 잃기 시작하는 물기 머금은 연약한 눈도 밟는다는 이야기지요.

그래보았습니다. 인도의 눈도 밟고 담벼락 아래 응달에서 흠 없이 얼어버린 눈에도 발자국을 찍어보았습니다. 각각의 눈을 밟으면서 각각 다른 생각을 하였습니다. 그래서 돌아올 즈음에는 마음이 보다 눈에 가까워졌습니다.

여름 장대비가 오는 날은 신발 앞코로 빗물을 튕기

며 걸을 것이고 가을에는 낙엽 소리를 귀와 발바닥으로 들으며 걸을 것입니다. 가을이 익어갈수록 낙엽의 두께가 달라질 테니 귀로 차올라오는 소리 역시 다를 것입니다. 가을이 보다 부드럽고 섬세하게 다가올 것입니다.

　　모든 계절을 한 바퀴 돌도록 걸을 수 있다는 것은 멋진 순례가 됩니다.

　　발은 대지에 붙이고 나머지 몸은 공중에 맡긴 채 흔들고 흔들리며 걷습니다. 길 뿐만 아니라 광장도 한 바퀴 돌아봅니다. 가만히 숨어 있는 골목길과 무심하게 붐비는 인도를 걷습니다. 차는 달리고 저는 걷습니다.

　　오해는 마십시오. 걸을 수 없는 이를 생각하지 않는 건 아닙니다. 도리어 누워있던 아이가 걸을 수 있게 되니 걷고 싶어도 걸을 수 없는 이들에게 제 마음이 번집니다. 그 분들은 아마, 마음으로 걸어 당신에게로 혹은 산과 들, 겨울눈과 가을 낙엽에게 다가가겠지요.

휠체어에 몸이 갇힌 분들과 앓아 일어나지 못하는 분들이 제게 하고 싶은 말도 그것일 것입니다.

걸을 수 있다는 것은 보통 일이 아니야,

대지위에서 춤출 수 있다는 것이고,

누군가에게 편안한 동작으로 다가갈 수 있다는 것이고, 정 급하면 뛰어갈 수 있는 자유,

라고 말입니다.

오, 엄마

장르를 막론하고 예술을 가늠하는 나 나름의 잣대는 그것이 마음을 건드리느냐이다.

좋은 책은 읽는 것이 아니라 쓰는 것처럼 느끼게 하고 좋은 음악은 묻혀있던 기억을 불러내어 나를 정화시킨다. 미술작품도 마찬가지다. 좋은 그림은 나에게 달을 건넨다. 그림 밖으로 이야기가 흘러나와 마음 안에 숨어있던 이야기를 건드리고 마침내 작품과 섞이면서 새로운 깨달음과 쾌가 일어난다.

K작가의 작업실에 들렀다. 오래간만에 들른 작업실은 새로운 작품들로 가득 차 있었다. 내 발을 붙잡고 말을 거는 작품들을 스쳐지나가기가 머뭇거려졌다.

들여다보고 귀 기울여 본다. 검은 색이 주조인데도 어둡지 않고 묘하게 환하다. 세상 모든 빛이 검은 색 속에 안겨 있다. 선은 극도로 단순하며 감각적이다. 드로잉 같기도 하고 페인팅 같기도 하며, 망치나 칼로 종이를 긁어낸 작품들은 조형물 같기도 하다. 색과 기법, 주제가 어우러져 거칠지만 우아하게 마음을 건드린다. 얼마 전 호퍼의 작품을 보았을 때도 그랬다. 그의 작품 해설집에서 읽은 구절이 생각났다.

'그의 그림은 짧고 고립된 순간의 그림이다. 방금 무슨 일이 있었는지 분위기를 전달하면서 앞으로 무슨

일이 일어날지를 암시한다. 내용보다는 분위기를 보여
주고 증거보다는 실마리를 제공한다.'

　　그 날 작업실 벽면에 백호 쯤 되는 대작이 기대어
있었다. 그림 한가운데에 거대한 맨발 하나가 강물 위에
떠있었다. 물에 빠진 누군가의 발인 듯했다. 그림 앞 쪽
으로 강 언저리 풀 사이로 맨발이 하나 더 보였다. 서서
강을 바라보는 누군가의 발이었다. 물에 빠지지 않은 발
이 물에 빠진 발을 바라보고 있는 구도다.〈오, 엄마〉라
는 제목을 달고 있었다. 거대한 발 두 개가 시선을 붙잡
았다. 물에 빠진 발은 K작가의 엄마 발이고 서 있는 발
은 작가의 외삼촌 발이라고 한다. 전란 통에 부모를 잃
고 여동생을 돌보아야 했던 어린 외삼촌이 동생이 귀찮
은 나머지 강에 빠뜨린 일이 있었단다. 다행히 동네 어
른이 발견하여 K작가의 엄마는 목숨을 건졌다고 했다.

바닥을 하늘로 향한 채 물위에 떠있는 엄마의 발에 자꾸
눈이 갔다.

　　이야기를 듣고 난 뒤 나는 미처 하지 못한 축하인사
를 건넸다. K작가가 치열한 경쟁을 뚫고 어느 작가촌에
입주하게 되었기 때문이다.

　　"어머니도 기뻐하셨지요?"

　　강에 빠져 죽을 뻔한 엄마가 말씀하셨단다.

　　"우야든지 목숨만 부지하거라."

　　그 그림 앞에 앉아 있어서였을까. '목숨만'이라는
말이 명치에 걸려 넘어가지를 못했다. 그 어머니는 좋은
작품을 많이 하라는 말을 하지 않았다. 축하와 덕담은
없었다. 전쟁과 가난을 멀리 보냈지만 칠십 노모에게 삶
은 아직 전장과 다름 아닌가보았다. 고향을 떠나 객지생
활을 시작하려는 중년의 아들이 목숨을 부지하는 것, 그

외는 시시하게 여겨졌는지 모른다.

　그 말을 듣고 다시 그림을 보는 순간 주변의 모든 것이 사라지면서 내가 차를 마시고 이야기를 나누고 있다는 사실이 엄청나게 크게 다가왔다. 그 밤 처음 인사를 나눈 한 갤러리 관장과 그녀의 남편, 작품을 운반하려고 와 있던 이삿짐센터 아저씨, K작가, 나, 이렇게 다섯이 모월 모일 모시 도종의 장소에서 살아 있어 그것을 만끽하는 것으로 여겨졌다. 어수선한 작업실 구석에서 제대로 갖추어지지 않은 다구로 따뜻한 차를 마신다는 것이 뭉클했다. K작가를 제외한 나머지 사람들은 다시 볼 기회가 없을 사람들이다. 그 날 우연히 자리를 함께하게 되었을 뿐이다. 허나 그것은 중요하지 않았다. 한 공간에서 같이 살아있다는 것이 와락 다가오면서 밤이 전에 없이 평화롭고 안온하게 느껴졌다.

'나는 지금 살아있다.'

마치 폭격을 피해 살아남은 사람, 오빠의 처절하고 슬픈 이기심에서 살아남은 엄마가 가져야 마땅한 안도감과 행복감을 나조차 누린 것이었다.

목숨이라는 말이 엄마한테서 나올 때 그것은, 아주 멀리 퍼진다.

괄호 밖

"차라리 괄호 밖에 난 형님이 부럽다."

지독한 황사가 지나고 난 토요일 오후 몇 달 만에 만난 친구가 말했다. 맏형님과 시어머니 관계가 틀어진 사실을 모르고 결혼했다가 큰 며느리 노릇을 맡게 된 친구였다. 친구는 직장 생활하랴 시어머니 모시랴 마음고생이 심한지 얼굴이 상했다. 고부간이라도 서로 맞추어야지 며느리만 맞추며 살 필요가 있냐는 그 형님의 태도가 집안에 풍파를 일으켰고 그 여파가 친구의 어깨에 예견하지 못한 짐을 지운 것이다. 친구는 대한민국 맏며느리의 모든 의무에서 벗어나 사는 형님이 부러울 때가 많다며 쓸쓸한 표정을 지었다.

　나도 착한 며느리 증후군을 혼수처럼 가지고 결혼을 하였다. 다소곳하며 오래전부터 그 집 식구였던 것처럼 시어른들께 착 달라붙는 그런 착한 며느리 말이다. 결혼 전에는 결혼이란 진정한 독립을 의미하며 고부가 함께 노력해야 한다고 생각했다. 어느 정도의 사생활은 서로 존중해야 된다고 여겼다. 시어른들이 잘못 판단하실 때는 직언할 줄 아는 며느리가 좋은 며느리라고 정의했다.

　하지만 자신의 험난했던 시집살이 예를 들면서 지금 시집살이는 시집살이랄 것도 없다는 친정엄마의 말이 내게 스며들었나 보다. 낯선 시집 식구들 얼굴 익히고 결혼 후 쉴 새 없이 일어나는 집안 행사들을 치르고 나니 나도 모르게 착한 새댁이 되어 있었다. 그러다 아이들이 자라 손이 덜 가게 되고 문득 정신을 차려보니 시어른이 알고 있는 나와 원래의 나는 한참 떨어져 있었다. 돌아보면 예의라는 기명하에 서로 이해할 기회를 원천봉쇄한 셈이었다.

　　시댁과 관련된 섭섭함은 쉬 지워지지 않고 훗날 엉뚱한 곳에서 터진다는 것을 깨달은 뒤로 될 수 있는 한 솔직해지려고 마음먹었다. 세월이 흐르면서 서로 다른 점을 눈치 채게 되고 정이 쌓이니 속에 있는 말도 즈금씩 쏟아 낼 수 있게 변했다.

　　어느 명절 시댁 마당에서 집으로 가져 갈 김칫거리를 다듬고 있었다. 주시는 대로 한껏 가지고 가는 형님들과 달리 쌈 싸먹을 것만 조금 챙기는 내게 어머님께서 나무라듯 불쑥 한 마디 하셨다.

"너는 우예 결혼한 지 십 년이 넘도록 김치도 잘 못 담그노?"

"어머님은 참, 제가 어떻게 애들도 잘 키우고, 공부도 하고, 청소도 잘 하고, 김치까지 잘 담그겠어요?"

내 입에서 즉각 이런 대답이 튀어나왔다. 준비된 연설문처럼 술술 나왔다. 마음 한 구석이 켕겼지만 그건 틀림없는 내 생각이었다.

"어머님, 저는 김치 빼고는 다 잘하지 않나요?"

신혼 때 같으면 상상도 못할 말대꾸였다. 그런데 그렇게 말하는데 어머님에 대한 섭섭함보다는 뭔가 따뜻한 친밀감 같은 것이 피어올랐다. 전에 없던 애교까지 살짝 가미되었던 것 같다. 내가 너무 천진하게 말해서였

는지 아니면 그런 친밀감을 눈치 챘었는지 어머님의 반
응도 예상과 달랐다. 활짝 웃으시며 귀엽다는 듯이 형님
들을 돌아보면서 말씀하셨다.

"쟤가 말하는 것 좀 보래이."

이런 시도는 내 마음을 신선하게 하였다. 살짝 괄호
밖으로 나간 기분이 들었다. 풍습을 해치지 않고 마음에
부끄럼이 없다면 잠시 괄호 밖으로 길을 나서는 것도 괜
찮지 않을까. 나갔다가 다시 돌아오면 되지 않을까.

괄호 밖 며느리 뿐 아니라 가끔 괄호 밖 엄마, 괄호
밖 아내가 되어보는 것도 괜찮을 성 싶다. 우리 마누라
에게 저런 면이 있었나. 남편은 새삼 아내를 다른 시각
으로 볼 것이다. 우리 엄마는 정말 못 말려. 이렇게 달하
면서 아이들은 엄마를 흉보는 것이 아니라 엄마 마음속
으로 더 진입할지 모른다.

괄호 밖에서 괄호 안의 자신을 한 번 돌아보고 놀란 토끼 눈으로 바라보는 주위 사람들을 즐기는 것도 삶이 우리에게 준 유쾌한 특권이 아닐까. 날이 선 일탈이 아니라면 관계에 대한 깊은 신뢰가 있다면 그러한 경험은 삶의 한 양념이리라.

넘어진 괄호가 누워있는 그림을 상상하니 입가에 미소가 번진다.

시침질

    수험생이 된 아들을 위해 누비이불을 하나 만들어 주어야겠다고 마음먹었다.

    겨울이불이 아무래도 얇은 듯하고 사찰이나 교회에 가서 열심히 기도를 하는 엄마들도 부지기수인데 나도 무언가 정성을 보태고 싶었다. 나름의 좋아하는 방법으로 아이를 격려하면 더 즐거울 것 같아서 이불을 생각해 내었다. 한 땀 한 땀 손바느질을 하면서 아들에 대한 지나친 기대도 주저앉히고 힘든 가운데서도 그 또래만의 즐거움을 잃지 않기를 기도해주고 싶었다. 아들이 겪을 심리적 압박감과 몸의 고단함을 생각하며 힘을 불어넣고 싶었다.

먼저 마음에 드는 고운 천을 스무 가지 넘게 사서 하룻밤 물에 담가 둔다. 혹시 물이 빠지지 않는지 알아보고 나중에 줄어드는 일도 없도록 하기 위해서이다. 그런 다음 꼼꼼한 기가 약간 남아있을 때 하나하나 다림질을 해놓는다. 그리고는 미리 계산해둔 크기대로 마름질을 한다. 마름질한 조각을 색의 조화를 생각하며 배치를 해 본 다음 드디어 조각을 잇기 시작한다. 다 이은 후에는 양모 솜을 사이에 두고 겉감과 안감을 함께 누벼야 한다. 그런데 그냥 누비면 겉감과 안감이 밀리게 되어 모양이 망가지므로 반드시 시침질을 해야 한다. 좀 크다 싶은 감을 누빌 때 꼭 거쳐야 될 과정 가운데 하나가 시침질이다.

잠을 험하게 자는 녀석이라 넉넉한 크기로 만든 데다 시침질이 만만치 않음을 몇 번 경험하였기에 시침질을 하기 전 마음을 가라앉힌다. 식구들이 모두 집을 비운 한가한 시간에 음악을 틀어놓고 크게 심호흡을 한다.

먼저 안감을 쫙 펴고 네 꼭짓점과 그 사이를 넓은 테이프로 거실 바닥에 붙인다. 그 위에 양모 솜을 정확하게 맞추어 올려놓고 다시 테이프로 붙인다. 마지막으로 솜 위에다 몇 주일에 걸쳐 이어붙인 겉감을 조심스레 올려놓고 단단히 고정시킨다. 그런 후에 비로소 시침질을 시작한다. 보통 바늘보다 훨씬 길고 굵은 시침용 바늘에 실을 꿰고 가운데서 시작하여 바둑판 모양으로 시침질을 해 나간다. 이불 위에 쪼그려 앉아 천이 밀리지 않도록 조심스럽게 이동하면서 시침질을 한다.

　시간이 많이 걸린다고 시침질을 대충하면 본바느질을 하는 동안 내내 조심해야 한다. 반듯하게 누비기도 어렵고 조금만 방심해도 천이 밀리게 되어 모양새가 나오지 않기 때문이다. 육칠 센티미터 정도 간격으로 고르게 해야 누빌 때 수월하고 완성품도 반듯하다. 서너 시간이 이내 지나간다. 중간에 이불 밖으로 나와 허리를 두드리고 숨을 돌린다.

　하지만 시침질한 이불의 누빔이 끝나갈 무렵이면 빨리 시침실을 빼고 완성품을 제대로 감상하고 싶어 마음이 급해진다. 마음은 이미 완성품에 가 있고 시침실에는 아무 관심도 없다. 시침질의 고단함도 이미 잊어버렸다. 다 누비고 나면 미련 없이 시침실을 빼버린다. 짧게는 몇 주, 길게는 몇 달 동안 천을 단단하게 붙들고 있던 시침실을 빼내면 갑자기 이불이 이불다워지면서 고운 색깔과 자태를 한껏 드러낸다. 이불은 예쁜 모습을 뽐내고 나는 완성의 기쁨을 맛본다.

당겨 뽑아낸 시침실이 작은 덩이를 이루어 한 켠에 모여 있다. 제 역할을 다하고 자리에서 물러난 시침실이 나와 함께 완성된 이불을 바라보는 듯하다. 시침실을 빨리 빼고 싶어 했던 마음이 들킨 것처럼 미안하다.

삶에도 많은 시침질이 있을 것이다.

부모님, 선생님, 많은 친구들과 이웃들이 삶의 어느 한 순간을 맡아 시침질을 해주었을 게 틀림없다. 역할을 마친 후 조용히 사라졌을 것이다. 나 또한 누군가를 위해 알게 모르게 시침질을 한 적이 있을 것이고 지금이 그 순간인지 모른다. 누군가 나도 모르는 사이 내게 필요한 시침질을 해주고 나 역시 그 사람 모르게 튼튼하게 시침질을 해주었을 것이다.

삶이란 꼬리에 꼬리를 무는 선한 시침질의 순환일
것이다. 처음으로 누비이불을 짓다 보니 이러한 생각이
크게 와 닿는다.

특히 부모란 자식을 위해 시침실이 되어주는 사람
이라고 여겨진다. 어머니는 가로줄을 맡고 아버지는 세
로줄을 맡아 자식들이 흔들리지 않도록 꼭 붙들고 있다
가 자식들이 독립을 할 능력이 생기면 말없이 사라진다.
자식들은 그것도 모른 채 세상을 향해 자신의 아름다움
을 한껏 뽐낼 것이다. 시침실은 뒤에서 만면에 미소를
짓고 있을 것이다. 그런 이가 바로 부모이다.

이러한 것을 대개 잊고 사는 우리들과 달리, 나의
누비이불은 그 고단한 시침질과 시침실이 있었다는 것
을 기억하고 있을까.

맨방

집들이를 다녀왔다.

그 집에는 빈 벽이 거의 없었다. 장식가구가 많았고 가구가 없는 벽 앞에는 분재와 도자기가 도열해있고 조명이 가족사진과 그림을 비춰주고 있었다. 터질 듯 꾸며진 집을 방문하고 돌아오니 마음이 산만하고 묵직하다.

몇 해 전 제주도에 갔을 적에 사진작가 고 김영갑의 갤러리, 두모악에 들른 적이 있다. 하릴 없이 쏘다니다

우연히 팻말을 보게 되어 찾아간 것이다. 한때 시골 분교였던 갤러리는 아담했다. 틀만 간직한 채 개조된 건물은 수수했고 작은 운동장은 나무와 조각품들로 아기자기했다. 말년에 루게릭병으로 고생하면서도 손수 정원을 가꾸었고 유골도 그곳에 뿌려졌다고 한다.

갤러리는 여느 갤러리와 다르게 천장이 낮고 바닥이 마루였다. 그 덕분에 방안 마냥 포근했다. 드문드문 걸려있는 사진에서는 회화 분위기가 났다. 가로가 유난히 긴 사진틀 안에서 제주의 바람과 안개가 아득하고 몽환적이었다. 사진틀 안에 갇혀있는 바람과 안개가 밖으로 쏟아질 듯 생생했다. 렌즈에 눈을 맞춘 채 그가 견뎌내었을 바람이 불어오고 그 때 그 안개가 몸으로 스며들었다. 몇몇 사진 속에 인물이 있긴 하나 한 그루의 나무, 한 포기 풀처럼 보였다. 그의 눈에 그리 비춰졌기 때문에 나의 눈에도 그러할 것이다. 인간 역시 한 자연물임을, 그것을 자주 잊고 자연을 돌보고 변화시킨다는 착각을 하고 있음을 일러주는 듯하였다.

갤러리 입구에 방이 하나 있었다. 아마 행정실이나 교무실이었을 위치다. 김영갑이 말년에 쓰던 사무실이라고 적혀있었다. 폐쇄되어 들어갈 수는 없었지만 작은 방이라 창만으로도 내부가 한 눈에 보였다. 출입문 바로 옆에 책장이 있었다. 척을 꽂는다는 본연의 역할에만 충실한 책장이었다. 장식 없이 기둥과 받침뿐인 책장에 낡은 책들이 가지런히 꽂혀 있었다. 책상도 세 개 보였다. 두 개는 좁고 긴 책상이었고 하나는 그보다 조금 널찍하였다. 하지만 방이 비좁아 보이지 않았다. 서랍 없이 상판과 다리만 있는 나무 책상이 작가의 마른 몸과 닮았다. 그 책상에 앉으면 문장이 술술 나올 것 같고 책을 읽으면 책 속에 빠질 것 같았다. 몸이 불편한 작가를 위해서인지 의자는 크고 푹신한 것이었다. 손으로 만든 나무 책상과 연갈색 가죽 의자가 낯설지 않고 잘 어울렸다. 그 나름의 존재 이유가 분명했기 때문일 것이다. 유리창에 코를 박고 눈으로 방을 쓰다듬으며 존재할 이유가 분명한 물건이 있는 집에서 존재할 분명한 이유를 가지고 살고 싶다 생각했다.

빈 벽에 대한 갈증, 담백한 공간에 대한 갈증이 유난히 사무치는 날이 있다.

화려한 집도 그렇거니와 화려한 사람, 의미 없는 소음을 만나고 오는 날이다. 그런 날 빈방이 하나 있어 그 속에 나를 담갔다 나오면 나아질 것 같다.

채워진 적 없이 날 것 그대로 존재하는 방 한 칸을

꿈꾼다. 하지만 현실에서 그것은 사치이며 욕심이다. 안
방과 아이들 방이 있어야 하고 서재도 필요하다. 혹 여
분의 방이 있더라도 그냥 비어둔다는 것을 가족들이 이
해할 수 있을까. 옷방으로 하자고 할지 모르고 나 역시
음악실로 꾸미고 싶은 욕심에 시달릴지 모른다.

　빈방을 갖는 것은 이해받을 수 없는 욕망이다. 그래
도 방 안에 들어서면 눈길이 벽과 벽 사이 공간만 응시
하게 되는 방 하나 있으면 좋겠다.

　그 방을 나는 맨방이라 부르고 싶다.

　빈방과 맨방은 다르다. 빈손과 맨손이 다른 그림으
로 다가오는 것과 비슷할 것이다. 무언가 손 안에 가두
었다 놓아버린 손과 아무 것도 걸치지 않음을 강조하는
손에 얽힐 이야기는 다르다. 빈방에서는 결핍과 이별이
떠오른다. 빈방에는 자리를 차지하던 옷장과 침대, 함께

거하던 누군가의 흔적이 남아있다. 기억이 주는 허전한 마음이 묻어 있다.

맨방에는 그런 암시가 없다. 처음부터 이제까지 그냥 방이었다. 아무 것, 어느 누구에 의해 채워진 적 없는 방이다. 그래서 그 안에 들면 중립적인 마음이 들 수밖에 없고 오직 자신만 부각되는 날것의 냄새가 나는 방이다.

맨방에는 얇은 요와 가벼운 이불 한 채, 낮은 베게 하나면 족하다. 앉아있을 수 없는 고달픈 몸으로 그 방에 들고 싶을 때 요위에 모로 누워 빈 벽을 바라볼 수 있을 것이다. 서서 창밖을 바라보고 싶을지 모르므로 창이 하나 있으면 더 좋겠다. 창과 문을 닫으면 방 밖의 일들이 조용히 물러나고 그 방에 앉거나 누웠다 나오면 세상 잡사가 대수롭지 않게 여겨질 것 같다.

맨방에서는 장자의 말대로, '텅 빈 방이 뿜어내는 흰 빛' 속에 고요히 머무를 수 있을 것 같다.

모든

:

신문의 네모 상자를 사랑합니다.
문득 유심해진 제가 낯선 이들에게 말을 건넵니다.
저는 이런 생각을 하며 사는데,
당신은요, 라고.

사진_ 이길화

제목

글을 쓸 때 고심하는 것 중 하나는 제목이다.

깊은 곳에서 자연스럽게 태어난 제목은 그 제목만으로도 글을 거의 다 쓴 거나 다름없다. 마음 저 밑바닥에 쓰고 싶은 게 이미 있었고 제목이 참지 못하여 따라온 것뿐이다. 그런 식으로 찾아드는 제목을 나는 사랑한다.

어느 날 '그냥' 이라는 부사가 내게 다가와서 글 한 편을 안겨준 적이 있다. 명사도 아니고 형용사도 아닌

이 자그마한 부사에 내가 말하고 싶은 것이 모두 들어있었다. 하지만 마음에 드는 글 제목을 발견하는 일은 드물다. 내용에 비하여 거창한 제목, 내용과 어긋나는 제목, 인위적으로 멋을 부린 제목이 더 흔하다.

일전에 한 사진전을 관람하였다.

아들이 가장 좋아하는 작가라기에 궁금하여 가본 것이다. 첫 사진을 볼 때부터 끝까지 나의 마음은 내내 일렁거렸다. 간혹 사진전을 가보지만 자연이든 인물이든 기술적으로 변화를 주었든 아니든 기록 그 이상이 아닌 사진에 식상해있던 참이라 더 그랬다. 그날의 사진에는 보도성을 뛰어넘는 예술성이 가득하였다. 구성미와 색감에 매료되었다. 무엇보다 피사체의 영혼을 탐색하는 작가의 태도가 작품마다 고요하면서도 힘차게 흘러나왔다. 그리하여 나는 작품을 통해 세상에 대한 작가의 시선과 대면하였다.

또한 내가 더욱 깊은 인상을 받은 것은 대개의 작품 제목이 장소와 연도였다는 점이다. '인도 카사미르 달-레이크, 1996년', '아프카니스탄 바미얀, 1992년', 이런 식이었다. 사진을 들여다보면서 세상에 존재하는 모든 삶, 모든 장면에 이보다 더 정확한 제목이 있을까라는 생각을 했다. 삶을 살아내는 시간과 장소, 그 자체가 우리 삶의 제목이 아닐까 싶었다.

사진 예술의 특성상 이런 제목이 새삼스럽지 않지만 좋은 글 제목을 찾느라 노곤한 나의 마음은 더 없이 자유로워졌다. 작가의 의도를 상상해보기도 하고 사진 안 인물의 심정을 헤아려보기도 하였다. 포커스를 받지 못하는 구석 자리에 마음이 가 닿기도 했다.

'그 날 저 여인네의 눈빛이 저러했구나.'

'그 날 저 할아버지는 저런 일을 하고 있었네.'

'그 날 바람이 세찼구나.'

'전쟁터에서도 아이들은 뛰놀았어.'

이런 생각이 오가는 가운데 사진 속의 삶이 하나씩 하나씩 내게 말을 걸어왔다.

삶에 다른 제목은 필요 없을지 모른다. 오직 시간과 장소면 충분하다. 오늘 내 삶의 제목은 '2010년 5월 4일, 대구' 일 것이다.

만화영화

가끔 만화영화를 본다.

예전에는 나의 기호라기보다는 아이들과 동행하느라 어쩔 수 없이 보았었다. 하지만 어느 사이 슬금슬금 다가오더니 만화영화는 아이들만 보는 것이라는 생각이 사라져버렸다. 만화영화만의 순한 아름다움을 경험했기 때문이다.

좋은 만화 영화는 단순하지만 유치하지 않다. 그곳

에서 세상은 단순하다. 등장인물의 성격이 단순하고 인물들의 표정도 아주 단순하다. 현실의 아이들도 어른들의 표정을 몇 가지 범주로 요약해서 보고 있을지 모른다. 허나 그 단순함 속에 삶의 교훈이 천진스럽고도 아름다운 방식으로 녹아 있다.

기억나는 만화영화가 몇 가지 있다. '라따뚜이'에서는 사실적이면서 예술적인 색채의 바다에 빠져보았고, 주제곡이 아름다웠던 '에반게리온'을 보면서 아이들이 왜 일본만화를 좋아하는지 조금 이해할 수 있었다. '피아노의 숲'을 통해서 악기를 연주하는 데 필요한 진실한 태도를 아이의 마음으로 생각해보게 되었다.

특히 성탄 행사로 어느 공연장에서 본 '아주르와 아스마르'의 감동은 아직 유효하다.

여러 아름다운 장면 가운데 공주가 아주르와 아스

마르 중 누구와 결혼해야하는가를 두고 여러 사람이 고심하는 장면이 있다. 현자와 요정을 비롯한 어느 누구도 해결책을 내놓지 못할 때 당사자인 어린 공주가 말한다.

"이럴 때는 춤을 추어 보는 것이 좋아요."

그들은 파반느 무곡에 맞추어 쌍을 이루어 춤을 춘다. 파반느 무곡이란 16, 17 세기에 유럽 귀족들이 추던 행진풍의 춤이다. 두 사람씩 나란히 서서 천천히 앞을 보고 가다가 다시 뒤돌아서 걷는 것이 전부다. 하지만 이렇게 매우 느리고 단순한 춤을 추다보면 마음이 더 쉽게 드러날지 모른다. 그래서일까. 공주의 예상대로 아주르와 아스마르 뿐 아니라 그 날 그 곳에 있던 모든 이들이 춤을 추는 동안 자신의 짝을 찾았다. 느리고 단순한 몸짓에서 상대의 진심을 더 잘 느낀 것이다.

언젠가 머리가 반백인 노인이 앞줄에서 혼자 만화

영화를 보고 있었다. 만화영화란 어린 시절을 추억하기 위해서, 혹은 손자들과 함께 보는 것만은 아니라 여기는 멋쟁이 할아버지로 보였다.

　　만화영화를 보며 생을 단순화시켜본다. 영혼의 원형에서 멀어져버린 자신이 서글퍼질 때도 있지만 나이와 더불어 척 달라붙어있는 욕심이 잠시나마 씻기어 상쾌하다.

사랑은 가로지르기

두어 해 전 수필선집 한 권을 세상에 내어놓았을 때 여러 반응이 왔다.

그 가운데 한 친구의 반응이 가장 기억에 남는다. 친구는 책을 다 읽고 나자 불현듯 관계가 소원해진 한 친구가 떠올랐고 그 자리에서 망설임 없이 전화를 걸었다고 했다.

친구는 책의 어떤 구절 때문에 그런 마음이 들었는

지 말하지 않았다. 책을 읽는 와중에 마음이 녹았다고, 그저 그렇게 말하였다. 책을 덮는 순간 자존심과 흘러가 버린 시간으로 인해 용기가 나지 않았던 전화를 아주 편안하게 하게 되었다고 했다.

　오래된 영화 '파리, 텍사스'가 떠올랐다.
　젊고 아름다운 아내에 대한 강박적 집착으로 인해 자신의 가정을 망가뜨린 한 남자에 대한 이야기이다. 영화 내용과 절묘하게 어울렸던 라이 쿠더의 스산하고도 여백 많은 기타소리가 인상 깊었다.
　기타소리와 더불어 잊히지 않는 장면이 하나 있다.
　사년 만에 어린 아들을 다시 만난 남자 주인공은 아들과 친해지고 싶어 매일 학교 앞으로 마중을 나간다. 아들은 아버지가 저를 데리러 온 것을 뻔히 알면서도 친구 엄마의 차를 타고 가버린다. 그래도 아버지는 매일 학교 앞으로 간다. 날이 갈수록 아들은 아버지가 진심으로 자신에게 다가오고 싶어한다는 것을 느끼기 시작한다. 이제 아들은 친구네 차를 타지는 않는다. 그래도 건너편에서 기다리는 아버지에게 선뜻 다가가지 않는다. 아버지를 흘낏 보고는 그냥 집을 향해 걷는다. 아버지와 아들은 차도를 사이에 두고 서로를 의식하면서 집으로 간다. 나란히 따로 걷는다.

그러던 어느 날 다른 날과 다름없이 홀로 걷던 아버지가 갑자기 차도를 가로질러 아들에게 다가간다. 아들은 이 순간을 기다렸다는 듯 기꺼이 아버지와 동행한다. 아버지가 차도를 성큼성큼 건널 때 내 가슴 가운데 부분이 저려왔다.

사랑에는 그와 같이 가로지르는 용기가 필요하다는

생각이 들었다. 상대방의 마음 문이 열리도록 기다리다가 마침내 가로지르는 용기.

얼른 가로지르고 싶지만 상대의 마음에서 경계가 사라질 시간을 견디는 것, 이제 그만 기다릴 때를 알아 길을 가로질러 상대를 뜨겁게 품는 것, 이 두 가지가 모두 필요할 것이다.

어느 초여름 저녁 나의 친구는 가로지르기를 하였고 다시 옛 친구를 찾았다. 영화 속의 남자도 집에 도착하기 전 알맞은 때에 길을 건넜다. 아들의 용서를 받았고 화해하였다.

전화로 가로지르든, 길을 가로지르든, 혹은 바다를 가로지르든, 적절한 때의 가로지르기는 사랑을 완성시킨다.

엄마의 126번

누구에게나 엄마가 있고 엄마 이야기는 해도 끝이 없다.

그래서 문학의 마르지 않는 소재는 엄마이고 엄마가 있는 집이고 고향이다. 도시에서 나고 자란 나 또한 그러하다. 수필에 입문하고 채 얼마 되지도 않아 엄마를 소재로 글을 쓰는 자신을 보고 스스로 놀랐었다.

어느 해 여름 엄마는 부탁할 일이 있다며 나를 불렀

다. 종이 뭉치를 주면서 컴퓨터 글씨로 단정하게 정리해 달라고 했다. 거기에는 엄마가 틈틈이 정리한 살림의 지혜가 가득했다. 생선을 맛있게 굽는 법과 태운 냄비를 닦는 법이 있었고, 옷의 얼룩을 없애는 법과 구두 닦는 법까지, 모두 125가지였다. 컴퓨터를 모르는 엄마는 워드 작업이 굉장히 어려운 줄 아는지 미안한 듯 부탁했다. 나와 두 며느리에게 줄 것이라고 했다.

나는 그 내용이 궁금하여 집으로 오자마자 정리하기 시작했다. 엄마의 손글씨이기 때문인지, 혹은 지병인 당뇨병 처방전 이면지여서 그런지, 엄마의 글씨를 보는 것이 아니라 목소리를 듣는 듯하였다. 게다가 엄마는 나를 자주 웃게 하였다. 군데군데 괄호를 해서 '명자가 해 보니 잘 되더라.'라고 강조를 했다. 또한 '팔방미인이 되려면 고구마를 많이 먹자.'처럼 구호 투의 문체가 나오거나 '남을 가르치면서 배운다.' 라는 말이 요리 부분에서 불쑥 튀어나오기도 했다. 이것도 가르쳐주고 싶고 저것도 일러주고 싶었나 보다.

나는 나름대로 의, 식, 주, 기타로 분류하여 정리를 마쳤다. 엄마는 자신의 글씨가 악필이라며 원본을 돌려달라고 했지만 그러기 싫었다. 훗날 엄마가 보고 싶을 때 엄마의 손글씨를 보아야하므로 그러하다.

내 딸에게는 무엇을 남겨줄까. 대학생 때부터 써온 몇 권의 독서 노트뿐이다. 이제 공책을 한 권 더 장만해서 밥을 짓거나 청소나 빨래를 하다가 발견하는 실용적인 지혜를 그때그때 기록해볼까 한다. 세상의 엄마들이 날마다 실전에서 몸으로 배우는 것들 말이다. 언젠가 딸에게 외할머니의 공책에 덧붙여서 그것을 줄 날이 있을 것이다.

엄마의 마지막 지혜는 번호가 붙여지지 않은 채 이렇게 끝이 났다.

'영혼에 빛이 있고 말에는 향기가 있도록 노력하자. 향기롭고 아름다운 말도 다 못하고 죽는다. 기도하고 공부하는 사람에게는 바람을 거슬러서도 향기가 난다.'

위험한 여자

딸이 다니는 고등학교에 시험감독보조를 하러 간적이 있다. 학부모 대기실이 도서실이어서 이리저리 책 구경을 하다가 자극적인 제목을 달고 있는 책을 발견했다.

'책 읽는 여자는 위험하다'

책 읽는 여자는 위험한가. 왜 위험한가.

책은 남녀를 막론하고 지식을 제공하고 감동을 주고 생의 길잡이가 되기도 한다. 우리는 생의 어느 한 부분을 책과 더불어 추억할 수 있으며 몇몇 책에게 성장의 빚을 지고 있기도 하다. 나 또한 책의 안내를 많이 받아 왔다. 믿는 만큼 그것은 나의 손을 잘 잡아주었다.

그런데 그 책에서는 남성중심의 사회에서 이만큼이 라도 여자가 자유로워진 데는 특별히 책의 역할이 컸음을 강조하였다. 여자는 책을 읽음으로써 어떤 사람도 들어올 수 없는 자신만의 심리적 자유공간을 획득하였고 세상에 대한 자기 나름의 상을 만들어냈으며 그것이 남자가 보는 모습과 다르다는 것을 깨닫는다고 쓰여 있었다. 문명의 발달로 책이 영화나 텔레비전, 컴퓨터와 비교해서 의미를 잃어간다는 것은 남자에게 해당된다며 여자는 점점 더 책을 많이 읽을 것이고 책에서 삶의 중요한 질문에 대한 답을 찾을 것이라고 예측하였다.

책을 읽는다는 것은 책을 만난다는 것이다.

책의 저자를 만나고 주인공을 만나고 결국은 자신을 만나는 것이다. 우리는 좋은 책의 이야기에 귀를 기울이고 반응한다. 그래서 조금 달라진 모습으로 다시 책과 만난다. 책 안의 세상을 만나는 것이 책을 통하여 자신을 만나는 것으로 변한다. 그리하여 여자는 높아진 자존감으로 씩씩하게 직업과 사랑을 찾아 길을 나서게 된다. 소파나 카페의 나무 의자에 앉아 독서에 몰두하는 여자의 옆모습은 매력적이다. 타인을 의식하지 않음으로 더욱 타인의 눈에 띈다.

책을 읽는 할머니는 할아버지가 먼저 저 세상으로 떠나더라도 금방 일어날 수 있을 것이다. 책을 읽는 여자는 혼자서도 잘 지낼 수 있으며 생의 다른 즐거움을 찾아 나설 방법을 알기 때문이다. 책을 가까이 하는 어머니는 자식이 원하는 대학에 가지 못하더라도 과민하게 반응하지 않을 것이다. 독서에서 얻은 용기를 이미 갖고 있기 때문이다.

책을 좋아하여 위험한 여자는 꼭 필요한 순간에 든 든하고 믿음직한 여자가 된다.

문외한

　친구와 미술전시장을 찾았다. 국내외 작가의 작품을 모아놓고 전시 겸 판매를 하는 아트페어였다. 아는 작가를 만나게 되어 새로운 작품 앞에서 이런 저런 이야기를 나누고 있는데 한 아주머니가 끼어들었다.

　"이것은 무엇을 그린 거예요?"
　"산인데요."

내가 대신 대답했다.

"산을 왜 이렇게 그리나요?"

"작가가 상상해서 창의적으로 그리니까요."

얼굴만 보고 대화를 하다가 말이 끊기는 사이에 그 아주머니의 옷차림으로 눈이 갔다. 전시장을 청소하는 아주머니였다. 아래위로 유니폼을 입고 자루걸레를 쥐고 있었다.

나는 살짝 감동했다. 그 아주머니가 아주 자연스럽게 내게 다가와서 그림에 대해 물어보았던 것이다. 어쩌면 아주머니는 내내 그것이 궁금했을지 모른다. 산을 왜 실제 산과 똑같이 그리지 않고 몇 개의 선으로 단순화하고, 그것도 전혀 이해되지 않는 색으로 그린 것인지 정말 궁금했을 것이다.

아주머니의 천연덕스러운 질문이 내게는 신선했다. 대개 우리는 스스로 문외한이라고 여기는 분야에서는 감히 질문할 용기를 갖지 못한다. 느끼는 대로 보이는 대로 자신의 생각을 표현하는 것을 주저하고 묻기를 겁낸다. 그렇게 하다가 무안을 당한 경험이 있거나 어릴 적 어른들의 대화에 끼어들다가 심하게 혼이 났는지 모른다. 무심코 질문을 던졌다가 다수에게서 이해하지 못한 표정을 읽었을 수 있다. 오페라 이야기가 나와도 그렇고 클래식 음악, 현대 미술 이야기가 나와도 그렇다. 그래서 입을 다물고 눈치껏 듣기만 한 적이 있을 것이다.

하지만 문외한임을 드러내는 것을 조심하다가 많은 기쁨을 잃지 않았는지 돌아볼 일이다. 적어도 예술 감상에서만큼은 타인의 시선에서 자유로워지는 게 어떨까. 작가에게 물어보고 싶은 것이 있으면 서슴없이 물어보고 감동받은 작품이 있다면 그 자리에서나 이메일로 감동을 전해주는 게 어떨까. 그것은 작가의 에너지를 달구고 자신의 삶을 풍부하게 하여 세상을 신나게 할 것이다.

지금 문외한임을 두려워 말자. 누구나 문 밖에서 시작하여 문 안으로 들어간다.

바느질과 음악

여름내 구석으로 밀쳐놓았던 바느질거리를 다시 잡았다.

완성하지 않고 내버려두었던 컵 받침과 가방을 마무리할 참이다. 그리고 난 후에는 딸의 이불을 시작할 것이다. 바늘을 잡고 천을 만지작거리고 있으면 마음이 평온해진다. 움직임이 작은 이런 행위, 바느질을 하는데 살아있음은 아주 크게 다가온다. 마음을 집중하여 자를

대어 줄을 긋고 가위질을 한다. 머리로는 치수를 계산하고 가슴으로는 색감과 재질에서 오는 미술적 요소를 즐긴다.

바느질은 필요한 물건을 직접 만든다는 만족감도 덤으로 준다. 내 입으로 들어가는 것도 내가 경작한 것이 없고 내가 찍은 벽돌 한 장 들지 않은 집에 사는데 작은 것이나마 손수 만드니 뿌듯하다. 품이 많이 들므로 자연스레 꼭 필요한 것만 만드니 낭비도 없다.

바느질을 할 때면 늘 음악을 듣는다. 오래된 소형 라디오를 틀어놓거나 좋아하는 음반을 되풀이하여 듣는다. 기타 선율이 나오면 절로 귀가 세워진다. 아는 만큼 들리는 것을 실감한다. 이러한 순간은 미(美)와 닿아 있어서인지 온전히 내가 되는 기분이다.

어렸을 적에는 그래도 그림을 그리고 이야기를 만

들고 노래를 자주 불렀었다. 무언가를 만들고 연주하고 춤도 추었었다. 그러나 어느 사이 그런 예술적 방법으로 존재하고 소통하는 것에서 멀어져버렸다. 자신 안의 예술적 본능을 발견할 여유를 잃고 의도가 사라진 것이다. 예술은 어떤 계층의 전유물도 아니고 돈이 많이 드는 것도 아니다. 시간이 많을 때 하는 것도 아니다. 살아있다는 것은 계산할 수 있다는 것이 아니라 느낄 수 있다는 것이다. 다시 그곳으로 돌아가고 싶다.

　발리섬에 사는 사람들은 아침에는 논에서 일을 하고 오후에는 휴식을 하며 저녁에는 공회당에서 노래나 춤, 악기를 연마한다고 한다. 그림이나 조각에 몰두하는 사람도 있단다. 그리고 열흘에 한 번씩은 그 동안 연마한 것을 서로에게 보여준다고 한다. 당장 이들처럼 살기는 어렵겠지만 자신의 취미로써 조금 접목시킬 수는 있을 것이다.

　취미가 때로는 삶의 핵심이 되기도 한다. 생계와 관계없기에 더 자유롭게 그 본질을 알기가 쉽다. 나에게 바느질과 음악은 그러하다. 내가 만드는 이불과 내가 연주하는 곡은 나의 창작품이다. 그러한 순간 나는 예술가가 된다.

나는 지금 여기서
당신을 여행하고 있어

흔히 삶을 여행이라고 한다.

하지만 일상의 삶을 여행이라 여기기는 쉽지 않다. 그럴지도 모른다는 생각이 설핏 들다가도 이내 삶이 무슨 여행이야, 라고 한숨 쉴 것이다. 여행은 자유롭고 흥미진진하고 의무가 없다. 삶은 의무 투성이고 힘겹고 호기심을 일으키지도 않는다.

그래도 삶을 여행이라 양보하고 육하원칙에 따라

한 문장을 만들어 보련다. 먼저 '누가, 언제, 어디서, 무엇을' 에 해당되는 것을 넣어본다. '나는, 지금, 여기서, 당신을' 넣어 소리 내어 말해본다.

'나는 지금 여기서 당신을 여행하고 있어.'

'당신을' 이라는 말 덕분에 삶은 누군가와의 만남의 집합이라는 생각이 들고 만남은 여행이라는 단어로 이어진다. 여태는 둥지를 나서서 바다 건너 도착했던 낯선 곳에서의 만남이 크게 다가왔고, 새로운 모임에서의 새 사람과의 일면을 즐거워하였다. 그런데 '당신' 이라는 말이 '지금, 여기서' 와 연결되자 마음이 다른 방향으로 움직인다. 늘 당신을 보고 있었지만 지금과 여기를 잊고 당신을 제대로 보지 못하였다. 당신의 과거를 곱씹으며 허투루 보고 있었다. 미안하다. 미안하여 마음이 순해진다.

'당신'을 '나'로 바꾸어도 멋지다. 더 훌륭하다. 일상에서든 이국의 길 위에서든 나를 여행하고 나서야 당신을 제대로 여행할 수 있기 때문이다.

'나는 지금 여기서 나를 여행하고 있어.'

그래도 삶이 여행이라는 생각이 들지 않아 조급해진다면 덧붙이면 좋은 말이 있다. '처음이자 마지막으로'.

'나는 지금 여기서 처음이자 마지막으로 나를 여행하고 있어.'

'설마 그럴 리가 있겠는가', 가 '어느 순간 그럴지

도 몰라', 로 옮겨간다. 걸핏하면 잊고 있던 삶과 생명의
유한성에 접속된다.

'이 봄은 작년 봄과 다른 별개의 봄이야.'

'이 사람은 어제 그 사람이 아니지.'

'나도 매 순간 변하는 걸.'

이것은 과학적으로 종교적으로 상식적으로 옳다.
여행이라는 말이 갖는 고정관념 때문에 보지 못했을 뿐
이다.

육하원칙에서 '어떻게'와 '왜'가 빠졌다. 하지만
그 두 가지로 인해 우리 모두는 각기 다른 빛깔의 여행
을 할 것이다. 존재의 수만큼 다른 '어떻게'와 '왜'로 인
해 세상은 형형색색의 여행객으로 붐빌 것이다.

'나는 지금 여기서 나를 여행하고 있어.'

'나는 지금 여기서 당신을 여행하고 있어.'

　　이 문장의 처방전은 내게 자주 유용하였고 앞으로
도 그럴 것이다.

　　힘겨운 시간 가운데서 여기가 지겨워졌을 때
　　당신이 밉고 나 역시 마음에 들지 않을 때
　　집을 떠나고 싶은데 지갑이 비었을 때.

완벽한 하루

지난 주말은 완벽했다.

두어 시간의 독서, 소박한 저녁식사, 텔레비전을 보면서 온 가족이 박장대소함, 한 통의 정다운 전화, 밤 산책. 나는 그것을 만끽하였다.

서재에 홀로 앉아 책을 읽었다. 기억하고 싶은 구절을 공책에 옮겨 적으며 보물을 찾듯 책을 마주하였다. 읽어야 될 책이 내게로 왔다. 내게 올 사람은 결국 오게 되듯이 책 또한 그러한 것인지 모른다. 마음을 활자로 옮기는 데에 과욕을 부려 힘을 빼앗긴 모양인지 오랜만의 독서가 마음의 허기를 채워주었다. 머리는 맑아지고 가슴은 충전되었다.

시간에 쫓기지 않고 밥을 지었다. 삼겹살을 굽고 된장찌개를 끓였다. 소박한 밥상에 아이들은 밥그릇을 비웠다. 아이들에게 밥을 해주는 것이 얼마나 중요하고 한시적인 일인지 날이 갈수록 크게 느낀다. 해줄 수 있는 것이 이것 밖에 없는 시간이 점점 다가온다. 언젠가 세상사에 지친 그들이 집에 들르는 날 밥을 해 먹이는 것으로 마음을 대신할 수밖에 없는 날이 올 것이다.

저녁을 먹고 배가 부른 채 가족이 모여앉아 깔깔거렸다. 오락 프로그램을 보며 아무 생각 없이 소리 내어 웃었다. 잠깐의 유치함을 가족이 공유하는 것은 즐겁다.

아이들 눈높이에 맞추어 대중 매체에 같이 노출되니 웃음꽃이 터진다.

　저녁에 오는 다정한 전화는 세상과의 연결감을 일으킨다. 엄마나 아내로서가 아닌 사회 안에서의 나의 역할에 대한 열정이 일어난다. 가족이 아닌 타인들의 시선에서 또 다른 나를 발견한다. 위로하거나 격려 받으며 정이 익어간다.

　늦은 밤 산책을 하였다. 인도를 맘대로 휘저으며 느리게 걸었다. 도시의 밤에서는 야생의 냄새가 났고 바람조차 주말이라 늦도록 서성거렸다. 걸을수록 몸은 가벼워지고 세포는 살아났다. 걷는 것에 온 몸이 기뻐하였다. 걷는다는 것은 살아있음의 핵심이지만 이것을 자꾸 잊게 된다. 앉아야 될 의자가 너무 많으며 마쳐야 할 중요한 일은 언제나 있다.

사실 완벽한 날은 이미 많았다. 그 한가운데서 생각을 하지 못했을 뿐.

오늘, 밀려드는 근심으로 또다시 이것을 잊고 어지러운 시간을 보낼지 모르겠다.

완벽한 날들은 오늘도 내일도 내가 바라보기만 기다리고 있을 터인데.

마음

마흔 너머 마음에 관한 학문의 길에 접어들었습니다.
제 마음이 당신 마음이었고 우리 마음이었습니다.
이제 함양(涵養)과 체찰(體察)을 안고 문 밖으로 나섭니다.

나진_ 기길화

전경과 배경

감각과 지각 사이에는 공간이 있다.

감각은 물리적인 것이지만 지각은 심리적인 것이다. 감각은 감각기관과 신경경로를 통해서, 지각은 보다 높은 수준의 피질을 통해서 이루어지며 의미해석과 관련이 있다. 이 둘의 절묘한 배합을 잘 느낄 수 있는 분야 가운데 하나가 위치 파악이다.

우리는 대상들이 환경 속 어디에 위치하는가를 알

기 위해서 우선 대상을 배경과 분리해야 한다. 그런 후에야 이 삼차원의 세계 속에서 대상, 즉 전경의 위치를 결정할 수 있다.

그렇다면 어떤 것을 전경으로 보고 어떤 것을 배경으로 볼까. 전경과 배경의 체제화는 자극 속에 있는 것이 아니라 마음 가운데 있다. 그러므로 관심의 대상이 전경이 되며 그것은 배경보다 입체적으로 보이고 앞에 있는 것처럼 보인다. 두 사람이 마주한 모습으로도 보이고 술잔으로도 보이는 그림을 본 적이 있을 것이다. 동시에 두 가지를 보는 것은 불가능하다. 어디에 중심을 두느냐에 따라 전경이 되거나 배경이 된다.

이것은 꼭 시각체계에만 해당되는 것은 아니다. 창밖의 무수한 소음 가운데서도 노랫소리를 듣고 교향악단의 연주에서 좋아하는 악기 소리를 따로 들을 수 있다. 엄마들은 공장의 기계소리에도 옆방에서 나는 아기 울음소리를 누구보다 먼저 듣는다. 지각이 감각에 관여하기 때문이다.

나의 어머니는 수백 명의 아이들이 하교하는 교문 앞에서 아주 쉽게 남동생을 찾아내곤 했다. 어머니는 자신의 아들이 인물이 워낙 훤해서 그렇다고 했지만 이제 생각하니 그것은 어머니의 사랑과 관심이 만들어낸 전경과 배경 분리 효과였다. 어머니의 눈에 아들을 제외한 모든 아이들은 배경으로 물러났던 것이다. 사랑하는 연인들은 아무리 혼잡한 곳에서도 서로의 눈에 띈다. 극장 로비에서건 백화점 정문 앞에서건 서로를 전경으로 인식하지 않을 수 없다. 보고 싶은 마음이 가득하므로.

위치파악에 관한 강의를 마칠 때 학생들에게 이렇게 묻고 싶어졌다.

요즈음 여러분의 전경이 되는 사람은 누구입니까?

여러분이 갖고 있는 꿈 가운데 전경이 되는 꿈이 있습니까?

그것은 나에게 하는 질문이기도 하였다.

전경과 배경의 차이는 관심과 사랑에서 비롯된다. 사랑하고 원하는 그 누구, 그 무엇은, 전경이 되어 버린다.

익명의 바다

익명은 아름답기도 하고 위험하기도 하다.

익명의 기부는 이름보다 마음을 전면에 두는 사람의 일이기에 가슴에 더 와 닿는다. 하지만 익명이 잘 보장되는 도시에서는 유쾌하지 않은 일이 잦다.

익명과 관련되어 사회심리학에서 가장 많이 거론되는 사건은 1964년 뉴욕에서 일어난 살인사건이다. 한 여자가 한밤중에 자신의 아파트로 돌아가다 끔찍한 폭력을 당했다. 한 남자가 그녀를 칼로 찔러 살해한 것이다. 삼십 오 분 동안 지속된 사건에서 서른여덟 명의 목격자가 있었지만 오직 한 사람만 경찰에 연락하였다. 심리학자들의 결론은 목격자가 많을수록 도와주려는 의지와 행동이 감소된다는 것이다. 바로 '방관자 효과' 이다. 그후 책임감 분산이나 도움행동에 관한 많은 실험이 행해졌다. 주목할 만한 것은 작은 도시나 시골에서는 같은 상황이라도 도움을 주려는 행위가 보다 많이 일어난다는 점이다.

　　이러한 극단적인 경우는 아닐지라도 나는 익명성에 관하여 생각할 기회를 자주 갖는다. 바로 열차 안에서이다. 뒷자리에 앉은 명품 양복차림의 두 종교인은 서울에 도착할 때까지 다른 종교인 흉을 본다. 짧은 치마에 긴 부츠로 멋을 낸 숙녀는 옆 사람의 독서는 안중에 없는 듯 뿡뿡 소리를 내며 계속 문자를 보낸다. 언젠가는 바로 뒤 숙녀가 막 맞선을 본 남자에 대해 남자친구에게 전화로 흉보는 것을 이십분 넘게 들어야만 했다. 전화 내용으로 보아 그녀는 괜찮은 직업을 가진 능력 있는 여자였다.

기분 좋은 사람을 만나기도 한다. 어느 날 서울발 열차에서 좌석을 확인하니 옆자리에 이미 한 아저씨가 앉아 우유와 빵을 서둘러 먹고 있었다. 내가 앉으려고 하자 저녁 식사를 놓쳤다고 말하며 빵 먹는 것에 양해를 구하였다. 그 분은 신문을 볼 때도 소리를 내지 않으려 조심하면서 세로로 길게 접어 나를 배려하였다. 전화를 받는 말의 어조 또한 낮고 예의가 발랐다. 허름한 옷차림에 마르고 기름기 없는 낯빛의 아저씨에게서 나는 격이라는 것을 보았다.

이러한 일들을 겪다보면 내 자식들의 배우자 됨됨이를 제대로 알기 위해서는 열차에 태워놓고 몰래 관찰해야 되지 않을까, 라는 마음이 생긴다. 낯선 이들, 게다가 다시 만날 가능성이 없는 사람들 속에 있을 때의 마음가짐과 몸가짐, 그것이 진짜가 아닐까. 한 인간의 품성을 알려면 익명의 바다에 던져보아야 하지 않을까.

자신을 모르고 자신이 모르는 사람들에 둘러싸여 있는 그 바다에서 어떤 사람은 마구 행동하고 어떤 사람은 예를 갖춘다.

나누고 보호하고

미치지 않고는 칠 수 없다는 라흐마니노프 피아노 협주곡 3번으로 기억되는 영화가 있다. 영화 '샤인(shine)' 이다. 영화에서 정신분열증에 걸린 피아니스트 데이비드가 자주 중얼거리는 말이 있다.

"나누고 보호하고." *

심리학에서 스트레스의 대표적인 반응은 1930년대

* 참고 : 성격심리학(charles S. Carver, Michael F. Scheier 공저, 김교헌 외 역)

심리학자 캐논(Cannon)이 주장한 '투쟁-혹은-도피 (fight-or-flight) 반응'이다. 역경이 닥쳤을 때 그것을 이 겨낼 거라 희망하며 공격적인 행동을 취하거나 괴로움 에서 벗어나려 도망가는 것 중 하나를 선택한다는 것이 다. 그러나 십년 전 쯤 셜리 테일러(Shelley Tayor)와 그 녀의 동료들은 다른 주장을 하였다. 여성들에게는 다른 반응이 있다는 것이다. 투쟁-혹은-도피 반응에 관한 실 험연구는 주로 수컷 동물을 대상으로 한 것이었다.

스트레스 상황에서의 여성에 관한 연구에서 나타난 반응은 투쟁이나 도피가 아니었다. 테일러는 남성보다 여성에게서 보다 더 강력한 반응은 '보살피고 한편이 되 는(tend and befriend) 반응'이라고 주장했다. 진화론적 으로 남성들은 번식에 여성들은 양육에 대해 더 많이 투 자한다. 그러므로 공격하거나 도망가는 것은 자식이 딸

리지 않은 남성에게는 유리하겠지만 여성에게는 그렇지
않다. 그래서 테일러에 의하면 여성들은 자신과 자식 모
두에게 이로운 다른 반응을 진화시켰다는 것이다.

보살핀다는 것은 자식을 안심시키는 것을 의미한
다. 가슴을 토닥거리고 등을 어루만지며 여성들은 자식
들을 안심시킨다. 그래서 갑작스러운 공격에 놀라 소리
지르거나 발버둥치는 자식들이 공격자의 눈에 띄지 않
게 하여 위협에 덜 노출되게 한다. 한편이 된다는 의미
는 타인과 가까워지고 밀착되는 것을 의미한다. 한편이
된 누군가가 있다면 위급한 상황이 닥쳤을 때 서로를 도
와주고 보살필 수 있는 기회가 많아질 것이다.

연구에 의하면 이러한 반응은 옥시토신이라는 호르
몬과 관련이 있다. 옥시토신은 젖을 먹일 때 특히 많이
분비되는 호르몬으로 이완시키고 진정시키는 역할을 한

다. 그래서 공포를 줄여준다. 남성이나 여성 모두에게 있지만 여성에게 더 많으며 특히 스트레스 상황에서 여성 호르몬 에스트로겐은 옥시토신의 효과를 증가시킨다. 결국 스트레스에 대해 남성과 여성의 반응이 달라지는 것이다. 부정적인 상황에서 남성들은 사회적 상호작용에서 멀어지는데 반해 여성들은 상호작용을 열심히 하고 주위 사람들을 돌보게 된다.

고민이 있을 때 남편들은 자존심 때문인지 좀체 속내를 잘 드러내지 않고 혼자 끙끙대지만 아내들은 친구를 만나거나 전화기를 붙잡고 괴로움을 터놓고 위로를 주고받는다. 여자들에게는 공감의 본능이 상주하는 것이다.

'샤인' 이라는 영화에서도 데이비드를 보살피고 구

한 것은 모두 여자들이었다. 특히 노 여류작가와 점성술
사가 그랬다.

　　데이비드의 아버지는 데이비드에게 ‘살아남아야
해(Have to survive)’를 자주 복창시켰다. 유태인으로서
전쟁을 겪은 아버지의 후유증이다. 삶을 만끽하는 것이
아니라 생존의 차원으로 본다는 것은 얼마나 끔찍한 일
인가. 전쟁이 아버지의 영혼을 피폐시켰고 그 아버지는
아들에게 삶은 생존임을 주입시켰다. 어린 데이비드에
게 아버지는 절대로 거역할 수 없는 존재였고 피아노를
연주하는 것마저 아버지를 위한 의무, 생존하는 수단으
로 변하고 있었다.

　　하지만 노작가는 사춘기 소년 데이비드가 가장 자
기 자신일 수 있게 숨을 불어넣어주었다. 양서로 가득
찬 서재에서 그녀는 아버지에 대한 두려움으로 얼어붙

어있던 그의 자존감을 북돋우고 피아노에 대한 순수한 열정을 불러일으켰다. 영혼의 자유에 대해 가르쳤다. 인간의 본질은 자유임을 몸소 드러내고 함께 즐거워하였다. 데이비드가 그녀에게서 담배피우는 법을 배웠지만 대수랴. 노작가와의 우정으로 데이비드의 세상은 전혀 다른 세상이 되었다. 성별과 나이를 뛰어넘어 다른 사람은 보지 못하고 듣지 못하는 것을 서로 알아채며 영혼의 양분을 주고받았다. 데이비드가 아버지의 반대를 무릅쓰고 자신의 뜻대로 유학을 가게 되었을 때 그녀에게 작별선물로 자신의 사진을 준다. 스승이자 친구인 그녀에게 고마운 마음을 그리 전한다.

또 한 점성술사가 친구를 만나러 왔다가 정신분열증에 걸려 거리를 떠돌던 데이비드를 알게 된다. 그녀는 심각한 정신분열증 환자인 그를 편견 없이 바라보았다.

병은 단지 그의 일부일 뿐이라 여겼으며 보이지 않는 상처와 보이는 맑은 마음 모두를 있는 그대로 따스하게 감싸주었다. 별점으로 그가 자신의 운명임을 알게 되었을 때 운명을 따르고 사회의 냉대와 착취에서 그를 보호하기로 결심하였다. 그의 청혼을 진심으로 받아들여 결혼하였고 그가 다시 무대에서 연주를 즐길 수 있도록 도와주었다.

두 여자가 자신 안에 흐르는 사랑을 한 남자에게 나누어 그를 보호하고 일으켜 세웠다.

모든 여자의 마음 저 밑바닥에는 이러한 생물학적 기제가 항시 작동되고 있을 터이다. 하지만 무슨 일인지 이즈음은 여자들에게조차 나누고 보호하는 일을 목격하기가 몹시 귀해져버린 것만 같다.

엄마, 아무 걱정이 없어

딸이 중학생이었던 어느 금요일 저녁 내게 말했다. 불현듯 환하게 웃으며 말했다.

"엄마, 아무 걱정이 없어!"

"응?"

"아무리 생각해도 걱정이 하나도 없어."

막 중간고사가 끝났고, 학원은 휴강이고, 휴일이 기다리고 있으며, 딸은 몇 권의 책을 빌려놓았었다. 아이의 그 말에 너 마음에도 잠시 밝은 불이 켜졌다.

　　어른들은 이렇게 걱정이 하나도 없는 순간을 잘 가지지 못한다. 감당키 힘든 큰 걱정 속에 있을 때는 그것만 해결되면 정말 행복할 거라고 투덜대지만, 그것이 해결되는 순간 또 다른 잔챙이 걱정들이 그 자리로 밀려든다. 다가올지 모르는 새로운 걱정거리에 대비해야한다며 머리와 어깨에 새로운 근심을 이고진다. 번개처럼 빨리도 이고 진다. 해방과 평화의 순간을 그 자체만으로 완벽하게 즐기는 법을 점점 잊어버리고 있다.

　　나 역시 마찬가지다. 운동을 하고 음악을 듣는 중에도 무수히 긑은 상념들이 오간다. 오래 머무는 큰 상념도 있고 휙휙 사라지는 것도 있다. 지난 것이든 앞으로 올 것이거든 대부분 해도 아무 소용이 없는 근심이다. 밀려드는 근심 속에서 마음은 쉬지 못한다.

통증의 심리학적 표준 정의는, '실제 혹은 잠재적 조직 손상과 관련되거나 그러한 손상적인 용어로 묘사되는 불쾌한 감각적, 정서적 경험'이다.

나는 여기서 '잠재적'과 '정서적'이라는 말에 밑줄을 긋고 싶다. 우리는 실제의 손상에 당연히 통증을 느끼지만 앞으로 다가올 손상에도 정서적으로 통증을 경험한다. 어쩌면 더 클 수 있다.

마음의 통증도 마찬가지가 아닐까. 다가올 외로움에, 다가올 실망감에, 다가올 상실감에 지레 겁먹고 고통스러워한다. 녹초가 된다. 그러한 것에 바쳐지는 시간이 얼마나 많은가.

이별 그 자체의 고통보다 이별이 오려 할 때의 고통을 겪은 사람이라면 누구나 알 것이다.

딸아이도 곧 일상으로 돌아와 또 다른 걱정들을 하

128

게 되었다. 하지만 걱정 없이 행복하고 느긋한 시간을 가졌다는 느낌은 아이의 마음을 살찌우고 다음 생활의 거름이 될 수 있다. 나도 어렸을 때는 온 세상과 내가 하나 되어 걱정이 없던 시간이 보다 많았을 것이다.

　아이를 키우다 보면 내가 잃어버린 것들을 아이에게서 발견하고 깨닫는다. 하지만 딸은 고등학생이 된 이후로 더 이상 그런 말을 하지 않았다. 슬프게도 나의 어린 스승이 이제, 결국, 근심에 에워싸이게 된 것이다.

늙은 가수

아름다운 노화는 아름다운 진화인지 모른다.

밥 딜런의 최신 음반을 구입하였다. 몹시 늙은 목소리가 흘러나왔다. 그의 나이를 생각하면 당연한 것인데도 늙은 목소리가 와락 내 귀를 붙들었다. 늘어지고 상흔이 있을 법한 거친 성대를 통과하여 새어나오는 목소리가 참으로 듣기 좋았다. 성대로 올라오기 전 그만큼 늙은 창자에 머물렀다 올라오는 소리라 그러한가. 기교

없이 매끈하지 않아 편안하고 안으로 불러들이는 소리라 좋았다. 포효하는 티도 속삭이는 듯하고 낮게 읊조리는데 여운은 길다. 특히 'forgetful heart'를 부를 때 그랬다.

이제 망각의 힘에 의지하는 나이가 멀지 않네.

잊어버릴 수 있는 것은 또 다른 힘이야.

한때의 열렬함이 힘을 잃고 무채색이 되려하는 나이도 나쁘지 않지.

이런 마음이 피어오른다.

고통이 반 이상이었던 사랑도 지나고 몇 사람은 이미 기억에서나 세상에서 사라지고 없고 뜨거웠던 가슴도 간신히 온기만 남아있는 나이, 그것이 늙은 목소리가 대표로 노래하고 있다.

마크 노플러의 늙은 목소리도 아름답다. 몇 년 전

구입한 앨범의 'True love will never fade' 는 청춘에 진정한 사랑을 한 적이 있는 사람, 지금도 사랑의 존재를 믿는 이의 부드러운 이야기 같다. 점점 단순해지는 선율과 쉼표가 많아지는 노래에서 예전 밴드 시절의 강렬함을 떠올리기 힘들다. 담담한 표정과 낮아진 소리가 어울린다.

노래 부를 때 깊어지는 그의 눈에서는 삶을 바라보는 태도가 엿보인다. 눈은 이제 더 이상 밖을 향하지 않고 자신의 내면을 들여다보고 있다. 삶과 음악이 둘이 아니라고 말하는 눈빛이다. 귀로도 듣지만 늙은 가수의 눈빛으로 다시 노래를 듣는다.

주름살이 아름다운 가수를 보았다. 한 동영상 사이트에서 나이 들어 다시 모인 이글즈의 공연실황을 볼 때였다. 공연 말미 쯤 베이시스트가 'Love will keep us alive' 라는 노래를 불렀다. 그가 노래를 부를 때 눈가로 합죽선을 닮은 주름살이 생겼다가 사라지곤 했다. 합죽 선이 나타나고 사라지고 다시 나타났다.

　　주름살은 얼굴에 패인 삶의 강, 노래가 그 강에서 흘러나왔다. 그것은 학교에서 배운 지식이 아니라 삶에 서 경험했던 모든 감정으로 오랫동안 패어진 강이기에 더 진실할 것이다. 누군가 덕분에 꽃으로 피어났던 웃음 과 또 누군가로 인해 흘렸던 더운 눈물이 주름살에 가로 새겨져 담겨있을 것이다. 주름살로 얼굴이 완성되었고 노래가 완성되었다.

　　많은 사람들, 특히 아직 푸릇푸릇한 이들은 노년의 삶이 무미건조하고 어두침침할 거라 여길지 모른다. 하 지만 노년기의 행복이나 정서에 관한 연구 결과를 보면 그렇지 않다.

　한 실험에서 심리학자들이 호출기를 정기적으로 울려 그 순간의 활동과 기분을 보고하게 한 적이 있다. 십대들은 대개 한 시간도 되지 않아서 자만과 우울 사이를 오락가락했지만 나이든 사람들의 기분은 그렇지 않았다. 덜 극단적이며 더 지속적이었다.

　또한 1980년대에 로날드 잉글하트(Ronald Inglehart)라는 심리학자가 16개국 17만 명을 대상으로 면접조사를 해보았더니 노인들은 젊은이 못지않게 행복하였다. 삶에 만족하였고 격렬한 감정은 잠잠해지고 무딘 감정은 덜 무디어졌다. 타인의 칭찬에 잘난 체 하지 않았고 비난받는다고 슬퍼하지 않았다.

늙은 가수들이 늘어진 성대를 울리고 보고 싶은 것
이 많던 눈가에 주름살을 펼치며 가만 가만 읊조린다.
노랫소리는 날마다 더 익어간다.

나는 이제 늙은 가수 편이다.

넘어짐에 대하여

넘어졌다.

하필 횡단보도를 건너다 미끄러졌다. 닳은 신발 밑
창 때문인지 비 온 뒤 젖어있는 도로 때문이지 신호를
기다리며 늘어서 있는 사차선 도로 한복판에서 연극처
럼 넘어졌다. 수십 개의 시선이 화살로 박혔다. 어서 일
어나 신호가 바뀌기 전에 건너야 한다는 생각 밖에 없었
다. 무사히 건넌 뒤에야 몸을 살폈다.

나는 어릴 적부터 유난히 잘 넘어졌다. 걷다보면 문지방이 달려들고 달리다 보면 돌이 솟았다. 머릿속 내가 그린 그림에 빠져있을 때는 어김없이 발이 헛돌았다. 발목이 꺾어지고 장애물을 보지 못했다. 발도 마음 따라 자주 허공에서 헛발질을 해댔다.

마음이 몸을 앞질러 가려할 때 넘어졌다. 여고생 때 계주를 하다가 넘어진 기억이 생생하다. 그 날 경쟁심으로 다리보다 마음이 멀리 앞섰고 상체가 지나치게 앞으로 쏠린다고 느꼈을 때 이미 몸은 바닥으로 꼬꾸라졌다. 왼쪽 팔꿈치 부근이 모래에 심하게 쓸려 생긴 흉터가 그 날을 잊지 않게 해준다.

매회 넘어지는 장면으로 끝나는 드라마가 있었다. 처음 몇 번은 무심히 여겼는데 몇 번을 더 보아도 고든 회가 넘어지는 장면으로 끝이 났다. 매번 다른 사람이

다른 상황에서 다른 이유로 넘어졌다.

　드라마 속 등장인물들은 위험하지도 않은 상황에서 괜히 무게 잡다가 넘어지고 당황하여 서두르다가 넘어졌다. 진지한 상황에서도 넘어졌다. 심각한 슬픔이나 우울함에 빠져 있다가 사소한 이유로 넘어졌다. 넘어지기 전의 심각한 표정은 일시에 날아가고 가장 동물적인 표정으로 전환되었다. 놀라거나 아파하거나 둘 중 하나였다. 그것을 보는 내 마음도 진지, 심각에서 놀람이나 통증으로 이동하였다. 웃음이 새어나왔다. 넘어지는 것을 보는데 마음은 편안했다.

　드라마 작가는 삶이란 넘어지고 일어서고, 다시 걷다가 넘어지는 것이라는 것을 말하려던 게 아니었을까. 누구나 언제 어디서나 넘어질 수 있다! 너무 무거우면 더 잘 넘어진다!

잘난 척 하다가, 마음이 앞서다가, 슬픔에 빠져 있
다가, 우리는 그 무거운 원인들이 아니라 하찮고 엉뚱한
것에 걸려 넘어진다. 하나의 돌부리나 하나의 계단에,
혹은 제 몸무게를 감당하지 못하여 넘어진다. 넘어지기
전에 든 몹시 무겁던 생각들이 공중으로 휙 날아간다.
이제 무릎이나 팔다리의 상처로 눈이 간다.

　　　잡히지 않는 근심 오래 쳐다보지 마라.

　　　몸보다 마음 먼저 가다가 넘어진다.

　　　제 발에 걸려 넘어진다.

　　　재빨리 힘이나 빼라.

　　　다시 일어나라.

　　나 역시 반백년 전 처음 일어섰을 때부터 걷고 달릴
수 있게 되는 동안 수없이 넘어졌다. 걷지도 못하면서

달리려 할 때마다 넘어졌다. 사람들이 보는 앞에서 넘어
졌으며 나 혼자 알고 있는 넘어짐은 훨씬 더 많다. 누군
가의 발에 걸려 엎어지기도 했다. 앞으로도 삶의 운동장
이나 횡단보도에서, 익숙한 계단에서 넘어질 게 틀림없
다. 걷다가 넘어지고 상처가 아물 때 쯤 다시 폼 잡다가
넘어질지 모른다.

다행히, 무릎이라는 게 있어 조금 부드럽게 넘어지
고 일어설 수 있음을 믿고 있을 뿐.

심리학자들은 이 무릎에다 자아탄력성(resilience)
이라는 이름을 담담건조하게 붙여놓았다. 마음의 무릎
뼈임에 다름 아니리.

구토와 현기

근자에 들어 구토감이 잦았다.

나의 위는 항시 튼튼하였기에 위 검사는 하지 않았
는데 드디어 자신이 없어졌다. 삶이 후반에 접어든 탓인
지 아직 여물지 않은 자식들을 바라보니 그런지 모르
겠다.

위내시경이라는 걸 처음으로 해보았다. 잠깐이라도
의식 없이 누워있는 것이 탐탁지 않아 마취 없이 내시경

을 받았다. 모로 누워 코로 숨을 쉬고 침을 삼키지 말라는 주의를 들었다. 그것쯤이야. 눈을 감으니 관이 들어간다. 코로도 숨을 쉴 수 있는 것과 코만으로 숨을 쉰다는 것은 아주 달랐다. 살아있다는 것은 내 마음대로 호흡할 수 있는 것임을 몸으로 깨달으며 코로 필사적으로 숨을 쉬었다.

　또한 침이 문제였다. 그제까지 흐르는 침을 그냥 내버려둔 적이 있었던가. 침은 쉴 새 없이 만들어져 흘러나오고 나는 침을 흘리며 누워있는 한 마리 포유동물이었다. 그 와중에도 침 흘리는 나를 보고 있을 의사와 간호사를 떠올리니 부끄러움이 일었다. 체면을 중시하는 포유류. 그들은 나의 침이 안중에 없고 관을 삽입하는 데에만 신경을 쓰고 있는 줄 알지만 침 흘리는 나의 얼굴과 침 흘리지 않는 그들의 얼굴이 자꾸 겹쳐졌다.

관이 빠지자 나는 다시 완벽한 제정신을 가지고 침을 흘리지 않는 모습으로 돌아올 수 있었다. 모로 누운 탓에 가늘고 힘없는 더리칼이 납작하니 헝클어진 것이 유감이었을 뿐, 나는 수면내시경을 하지 않은 사실을 자축했다.

의사는 두 문장으로 검사 결과를 알렸다.

"아주 깨끗합니다. 위염도 없고요."

그렇다면 나의 구토감은 어디서 오는 것일까. 사르트르가 말한 구토감인가. 이유 없이 존재하는 존재에 대한 구토감.

관계의 문제가 발생할 때 구토감이 따라왔었지. 나와 나의 관계, 나와 너의 관계. 내 상처의 원인을 바라보기가 두려웠을 때, 나의 존재 의미가 훼손되었을 때, 한 관계에서 벗어나고 싶지만 그럴 수 없을 때였다.

나의 구토감은 위와 아무 상관이 없었다. 그래서 더 위험하다.

　구토감의 동료는 현기증이다. 나는 그것의 원인을 알고 있다.

　인간의 생물학적 진화, 특히 뇌의 진화는 더디고 사회와 기술의 진화는 달린다. 그래도 힘껏 속도에 맞추어 나아가고 이를 즐기는 이들도 많다. 하지만 나의 뇌는 이 시대 문명 발달의 속도를 따라가는 데 극히 서툴다.

　텔레비전 광고만 오래 봐도 어지러운 내가 정보화 시대를 살아가기란 불편하고 불안하다. 오락 프로그램도 잘 즐기지 못한다. 현란한 장면들이 급하게 지나가고 환호성과 박수가 난무하고 자막까지 넘치니 나의 뇌가 금세 과부하가 되기 때문이다. 컴퓨터 프로그램이나 기계 작동법을 습득했더라도 소용이 다하면 머리에서 지워버린다. 그렇게 해서 힘겨워하는 나의 뇌를 보호한다.

지하철역을 빠져 지상으로 올라서면 어딘지 분간이 잘 되지 않는다. 다각화되고 세밀해지는 운송수단이 버겁다. 열등한 공간감각 탓에 더 어지럽다. 누구보다 내비게이션이 필요하지만 남아있는 공간감각마저 퇴화될까 그것 없이 간신히 버려본다. 익숙한 공간에서조차 어지러워질 것이 못내 두렵다.

신제품 카메라를 통해 기술의 발달을 실감하지만 점점 장비 욕심이 커진다던 사진작가가 생각난다. 사진을 찍는 것은 사람이라는 사실을 자꾸 잊어버리게 된다고 했다. 기술이 사람 위에서, 특히 내 위에 어른거리는 것 같다. 발달 속도가 조금 더디기를 바라지만 문명은 복잡성을 훈장처럼 거느리며 가속도가 붙었다.

나는 점점 현기증을 느끼는 일이 잦고 그래서 더 많

이 걷고, 더 많이 밤에 걷는다. 담쟁이덩굴로 뒤덮인 돌벽에서 풍겨 나오는 서늘한 향기로 나의 몸을 위로한다. 계절 따라 달라지는 가로수 그림자를 즐기며 뇌를 잠재운다. 희거나 노란 달과 함께 걷는다. 모니터 속이 아니라 실재하는 풍경 안에서 불수의적으로 일어나는 원초의 감각에 나를 맡긴다.

어지러움을 느낀다는 것은 중심을 잃고 싶지 않다는 의미. 낮의 현기증을 밤에 다독이지 않을 수 없다.

하지만 구토와 현기가 고맙기도 하다. 그 둘이 잠잠할 때 언뜻언뜻 보이는 소박한 삶을 눈치 챌 때면 가슴이 두근거리고 눈이 크게 떠지기 때문이다.

내가 한 문장이라도 내용 있는 문장을 생산한다면, 아마 그 때일 것이다.

컴퓨터 수리공

행복의 영원한 소재는 일과 사랑이다.
행복의 수많은 조건들은 결국 일과 사랑으로 양분
된다.

프로이트는 정상적인 사람이라면 무엇을 잘해야 하
느냐는 질문에 '사랑과 일'이라고 대답하였다. 프로이
트보다 훨씬 이전에 톨스토이는 '사람이 일하는 법과 사랑하는 법을 안다면, 사랑하는 사람을 위해 일하는 법과 자신의 일을 사랑하는 법을 안다면, 참으로 잘 사는 것이다.' 라고 했다. 또한 심리학자 매슬로우의 그 유명한 욕구 위계에 의하면 사람들은 음식이나 안전과 같은 신체적 욕구가 충족되면 사랑으로, 그 다음으로는 일을 통해 얻을 수 있는 자아존중감으로 넘어간다.

최근에 일하는 모습이 보기 아름다운 사람을 만났다.

갑자기 노트북 윈도우가 깨어져버려 하드에 저장되어 있던 게 모두 날아갔다. 다행히 대부분은 외부저장기에 저장해두었지만 저장해두지 않았을 경우를 생각하니 아찔했다. 전화번호부를 뒤져 컴퓨터 수리점에 전화를 했다. 수리공이 컴퓨터 상태에 대해 몇 가지를 묻더니 집으로 와서 노트북을 가지고 갔다. 젊잖게 생긴 그는

다음 날 약속한 시간에 맞춰 수리한 노트북을 들고 왔
다. 노트북을 켜고 차근차근 설명을 하는데 전문가다운
자신감이 느껴지고 자신의 일을 아주 좋아하는 것 같았
다.

"컴퓨터를 전공하셨나 봅니다."

"예."

"이 일을 좋아하시는 것 같아요."

"예, 재미있습니다."

하지만 그는 전공을 살려 돈을 버는 것이 힘들다고
말했다. 전공하지 않고도 이 일을 하는 사람들이 많기
때문이란다. 자신이 재미있는 일을 하는 대신에 가족들
이 경제적인 풍요로움을 포기해야 하는 게 미안하다고
하였다.

컴퓨터를 꼭 사용해야하지만 그것과 쉬 친해지지

않는 나는 평소 궁금했던 것들을 이것저것 물어보았다. 그는 진지하고 즐겁게 설명을 해주고 조심할 것을 일러주었다. 그의 요점은 컴퓨터를 사람 다루듯 하라는 것이었다. 전류는 컴퓨터를 노화시키니 쓰지 않을 때는 코드를 뽑고, 설명이 뜨면 읽을 필요가 없을지라도 자세히 읽어보는 자세가 필요하며, 아무 단추나 마구 누르지 말고 절차를 정확하게 따르고, 모르면 아이들에게라도 자주 물어보라고 하였다.

일을 마친 후 현관문을 나서면서 그가 마지막으로 한 마디 하였다.

"너무 겁내지도 마시고, 그렇다고 함부로 다루지도 않으면 됩니다."

무엇에 대한 전문가의 자격은 그것을 잘 아는 것과 더불어 그것을 사랑하는 마음일 것이다. 잘 아는 사람은 흔하지만, 그것을 좋아하는 이를 만나는 것은 드물다.

좋아하고 잘하는 므엇으로 생계를 유지하는 게, 갑자기, 거룩하게 보였다.

비둘기는 날고*

　　서재 창가에 가끔 비둘기가 날아온다.

　　에어컨 환풍기용 작은 베란다 난간에 한 마리가 오
기도 하고 두 마리가 같이 오기도 한다. 나는 내 거하는
공간 주위로 그들이 날아온 것이 이유는 모르지만 그저
기쁘다. 그래서 그들의 눈과 마주치고 싶어 웃으며 바라
본다. 하지만 그들에게 나의 존재는 안중에 없는 듯하
다. 나의 마음을 모른 채 무얼 그리 찾는지 연신 두리번

* 참고 : The Happyiness Hypothesis (Jonathan Haidt)

거리기만 한다.

　　오늘 오후에 회색 비둘기 한 마리가 날아왔다. 어제의 그 비둘기인지 아닌지 알 수 없다. 다만 비둘기라는 이름의 날개 달린 그 무엇이 가까이 왔음이 기쁘다. 사이가 채 일 미터가 되지 않는다. 내게 눈길을 주지 않아도 그것이 창가에 머무는 동안 주위의 공기는 좀 전과 달리 사뭇 평화롭고도 싱싱한 향내가 난다.

　　어중간한 나이의 여자가 유리창 안 나무 의자에 앉아 글을 쓰거나 꿈을 꾸거나 졸고 있거나, 비둘기는 관심이 없다. 가끔 그 쇠난간에 앉아 날개를 쉬거나 친구를 기다리거나 그냥 아무 일도 아닐 것이다. 저 아래 자동차를 보는 것 같기도 하고 다음번에 날아갈 다른 난간을 찾는 것 같기도 하다. 하지만 나는 그것이 하등 섭섭지 않고 나를 보든 말든 오래 머물기만 바랄 뿐이다. 이 오후 서재 창 앞에 날아온 것이 별일이기를 바라면서 비둘기를 바라본다.

페네베커라는 심리학자는 트라우마(trauma)를 가진 사람들이 친구나 치료자에게 자신의 이야기를 털어놓는다면 보다 건강해지지 않을까 예측하고 실험해보았다. 트라우마와 그로 인한 스트레스는 심리적, 신체적으로 건강에 해로우며 일상생활을 제대로 꾸려가지 못하게 한다. 고통을 부르는 기억이 부지불식간에 엄습하고 고여 있는 구정물처럼 떠나지 않기 때문이다. 실험 결과 페네베커의 예측이 맞았다. 자신의 상처에 대하여 친구나 지지 집단과 이야기를 나눈 사람들에게는 털어놓지 않은 이들에 비해 트라우마의 해로운 영향이 적게 미쳤다.

이 결과에 자신감을 얻은 페네베커는 조금 다른 실험을 해보았다. 실험에 참가한 사람들에게 자신들의 삶에서 일어난 누구에게도 털어놓지 못했던 가장 절망적인 사건에 대해 나흘 동안 하루에 십오 분씩 적어도도록 하였다. 일 년 뒤에 조사해보니 피험자들의 병원 방문 횟수가 실험 이전보다 줄어들어 있었다. 감정을 털어낸 사람이 더 건강해진 것이다.

　흥미로운 것은 실험에 참가하기 전에 이미 자신의 고통에서 의미를 찾았던 사람에게는 별 변화가 없었다. 그 실험의 혜택을 본 사람은 나흘 동안 통찰이 점차로 증가된 사람들이었다. 의미 있는 이야기를 엮어내는 과정에서 통찰이 생겨난 사람들만 건강해진 것이다. 단순히 맺힌 것을 풀어내었기 때문이 아니라 고통에서 의미를 찾은 덕분이었다. 그들은 이제 아무에게도 털어놓지 못했던 상처를 이전과 다른 관점으로 바라보게 된 것이다.

    내가 한 신문광고를 보고 불현듯 문학이라는 바다
에 발을 담그게 된 것 역시 통찰에 대한 갈망 때문이
었을까. 스스로의 마음을 다독이고 위로하고 싶어서
였을까.

    어릴 적 일기를 쓰면서 맛보았던 비밀스럽지만 깊
어지던 기억을 잊지 않았기 때문이며 사랑보다 더 사랑
스러운 행위인 연애편지를 쓸 때의 아늑한 기분을 다시
맛보고 싶었을지 모른다. 그리하여 나 자신이 주인공인
이야기를 만들고 싶은 본능이 대두되었을지 모르겠다.
삶의 흔적을 남기거나 이야기를 만들어내겠다고 첫 문
장을 시작하지만 끝날 무렵이면 크고 작은 통찰들이 담
긴 문장들이 생산된다. 처음부터 그것을 계획했던 것은
아니다. 의도하지 않은 문장들이 파도가 일듯 마음의 심
해에서 일어나는 것이다.

오늘 비둘기가 읽지 못하는 나의 낙서는 이러하다.

'독서와 사랑의 행위는 얼마나 자연스럽게 어울리는가! 책을 읽는 것은 사랑을 나누는 것과 닮았다. 독자는 책 속의 주인공, 풍경, 저자와 사랑을 나눈다. 흥분되거나 고요해지거나 뜨거워지거나 서늘해진다. 감각이 깨어나고 시냅스들은 춤을 춘다. 붉은 램프의 도움 없이 유혹적인 눈빛 없이 담담히 책을 읽어주고 듣고 난 뒤 나누는 사랑의 행위는 몸과 영혼의 조화로운 결합이다. 몸 안에 책의 영혼이 숨어들고, 그 영혼으로 두 사람은 같은 곳을 바라보며 하나가 된다.'

비둘기는 이러한 나의 낙서에 대해 알 리 없다. 그냥 그 순간 날개 가는 대로 적당한 높이에 있는 어느 난간을 붙잡고 싶어졌을 따름이다. 나는 그 때 무언가 쓰

고 있었고 고개를 들고 비둘기를 바라보았다. 비둘기가
다가온 순간에 쓰는 중이었음이 즐거웠고 비둘기가 날
아간 뒤에도 계속 즐거웠을 뿐.

　비둘기는 날고 나는 쓴다.

글을 마치며

책을 내기까지 글벗과 가족의 격려가 있었습니다. 여러 번 망설이다 저의 긍정적 착각 지수가 아주 높아졌을 때 행동에 옮겼습니다. 제 삶의 이정표를 문장으로써 표시해두고자 하는 욕망이 컸습니다. 원고를 다듬는 와중에 삶을 반추하고 음미하는 행복을 누렸습니다. 저의 첫 수필 '부엌과 서재 사이' 가 생각납니다.

내가 집에서 가장 오래 머무는 곳은 부엌과 서재다. 부엌에 머무르고 있을 때의 내 마음은 가족에 닿아 있다. 쌀을 씻고 찌개 간을 볼 때, 설거지를 싹싹 하고 식탁을 훔칠 때. 하지만 서재로 들어서면 단지 몇 걸음 만에 나는 엄마나, 아내가 아닌 나로 돌아가게 된다……부엌과 서재 사이는 열 걸음쯤이다. 나는 하루에는 수십 번 먼 길 여행하듯 이 사이를 오간다.

저의 글 여정은 언제나 무엇과 무엇 사이일 것입니다. 부엌과 서재 사이, 마음과 마음 사이, 머리와 가슴 사이, 지구와 소혹성 257 사이. 사이를 천천히 왕래하면서 부표처럼 문장이 떠오르기를 기다릴 것입니다.
그런데 책을 내어놓고 보니 이정표가 중요한 것이 아니라 한 이정표와 다음 이정표 사이가 핵심이 아닐까, 이 명함과 다음 명함 사이 그 노상이 진짜가 아닐까 여겨졌습니다.

2012년 3월 15일 추선희